JN419367

주얼리의
나라

마르 데페스Mar Defez에게 이 책을 바칩니다.

주얼리의
나라

남킹 지음

청년정신

반짝이는 것들은 어떻게 괴물이 되는가

권력은 거울과 같다. 그것은 한 사람의 가장 깊은 욕망을 비추고, 감춰진 야망을 증폭시킨다. 만약 그 거울 앞에 선 사람이 자신의 얼굴이 아닌, 보석처럼 반짝이는 허상에 매혹된다면 어떤 일이 벌어질까. 국가는 어떻게 한 개인의 화려한 전리품이 되고, 진실은 어떻게 값비싼 장신구 뒤에 가려질 수 있는가.

소설 '주얼리의 나라'는 바로 그 위험하고도 매혹적인 질문에서 시작된다. '정의와 공정'을 칼처럼 휘두르며 권좌에 오른 대통령 윤산군. 그리고 그의 곁에서 가장 완벽한 조력자이자 가장 아름다운 뮤즈로 찬사받는 아내, 안나.

에테르 공화국의 국민들은 이 새로운 시대의 서막에 열광했지만, 아무도 알지 못했다. 그들이 맞이한 것이 희망의 시대가 아닌, 한 여인의 거대한 욕망이 빚어내는 화려한 비극의 시작이었음을.

이 이야기는 '뮤즈의 탄생'이 어떻게 '재앙의 서막'이 되는지에 대한 집요한 추적의 기록이다. 거짓으로 쌓아 올린 이력서라는 예술 작품에서부터, 국가의 혈맥을 자신의 땅으로 휘어지도록 만드는 거대한 탐욕, 그리고 국민의 눈물을 외면한 채 명품관으로 향하던 여왕의 쇼핑에 이르기까지, 소설은 한 걸음 한 걸음 권력의 심장부를 향해 다가간

다. 그리고 마침내, 렌즈 속에 담긴 300만 원짜리 '루이뚱
백'이 단순한 선물이 아닌, 한 나라의 정의와 양심을 통째
로 집어삼킨 괴물의 아가리였음을 폭로한다.

　'주얼리의 나라'는 단순히 한 부패한 권력자의 몰락을
그린 정치 활극이 아니다. 이것은 진실이 어떻게 조롱당하
고, 상식이 어떻게 무너지며, 법치가 어떻게 한 사람을 위
한 방패로 전락하는지에 대한 우리 시대의 우화寓話이다.
또한, 꺼지지 않는 촛불과 멈추지 않는 펜대로 그 거대한
거짓에 맞서는 이름 없는 시민들의 위대한 투쟁기이기도
하다.

이제, 화려한 보석으로 치장된 거짓의 성이 어떻게 무너져 내리는지, 그 욕망의 연대기 마지막 페이지를 독자 여러분과 함께 넘기고자 한다.

이 이야기가 끝났을 때, 우리는 스스로에게 묻게 될 것이다. 우리를 현혹하는 저 수많은 반짝임 속에서, 우리는 과연 진짜를 가려낼 눈을 가지고 있는가.

2025년 가을, 스페인 알리칸테에서

차 례

눈물의 여왕, 신화의 시작

에테르 공화국(The Republic of Aethel)의 수도, 프리즈마리스 Prismaris의 공기는 팽팽한 고무줄처럼 긴장되어 있었다. 대통령 선거를 불과 열흘 앞둔 시점, 공화국의 모든 것이 멈춘 듯했다. 사람들은 숨을 죽이고, 스마트폰 화면을 새로고침하며, TV 뉴스 속보에서 눈을 떼지 못했다. 수십 년 만에 가장 치열하다는 이번 선거의 추는 단 하나의 이름 앞에서 위태롭게 흔들리고 있었다.

'윤산군.'

평생을 검사로 살아온 남자. 법과 원칙을 강철의 뼈대로 삼고, 불도저 같은 추진력으로 거악을 척결해 왔다고 말하는 남자. 그의 선거 캠페인은 단순하고 명확했다.

'정의로운 국가, 공정한 사회.'

썩어빠진 기득권의 카르텔을 깨부수고, 오직 법의 이름 아래 모두가 평등한 나라를 만들겠다는 그의 외침은 부패와 위선에 신물이 난 대중의 가슴에 불을 질렀고, 그의 지지율은 타오르는 불길처럼 치솟았다. 대선은 그의 무난한 승리로 끝나는 듯 보였다.

그 폭풍의 눈, 윤산군 후보 캠프의 상황실은 그러나 지옥의 아수라장이었다.

'지지율 2.3%p 추가 하락! 30대 여성층 이탈 가속화! 오차범위 내 초접전으로 돌아섰습니다!'

상황실장의 절규에 가까운 보고가 대형 스크린에 떠 있는 그래프를 더욱 암울하게 만들었다. 며칠 전까지만 해도 두 자릿수에 가깝던 지지율 격차는 이제 신기루처럼 사라져 있었다. 십수 대의 전화기가 미친 듯이 울어댔고, 하얗게 질린 얼굴의 참모들은 담배 연기 자욱한 복도를 유령처럼 오갔다. 공기는 패배의 냄새로 질식되고 있었다.

이 모든 혼돈의 원흉, 그 이름은 '주얼리'였다.

처음 그 이름이 수면 위로 떠오른 것은 어둡고 축축한 익명의 인터넷 게시판이었다. "내가 15년 전 프리즈마리스 최고의 VVIP 클럽 '엘리시안'에서 일했는데"로 시작하는 글은, 소설인지 진실인지 모호한, 아슬아슬한 경계를 넘나들며 윤산군 후보의 아내, 안나의 과거를 조준하고 있었다.

글쓴이는 '주얼리'라는 예명으로 불렸던 한 여인에 대해 폭로하고 있었다. 그녀는 단순히 술을 따르는 접대부가 아닌, '일반미'라는 얄궂은 속어로 불리며 재계 총수와 거물 정치인, 심지어는 법복을 입은 검사들까지, 당대 에테르 공화국을 움직이는 남자들을 상대했고, 그녀가 내세운 무기는 '지성'과 '예술'의 이름이었다. 그녀는 보티첼리의 비너스를 논하며 와인을 권했고, 칸트의 정언명령을 인용하며 남자들의 위선을 비웃었다. 그녀는 단순한 유흥의 대상이 아니라 그들의 비밀을 공유하고 욕망을 자극하는 위험하고 매혹적인 뮤즈였다. 하지만 정작 놀라운 건 그 '주얼리'

가 영부인 자리를 넘보는 안나와 놀랍도록 닮았다는 것, 아니 바로 그 사람이라고 주장한 것이었다.

처음엔 그저 그런 흑색선전, 저질스러운 음모론으로 치부되었다. 하지만 야당이 그 미끼를 덥석 물었다.

"의혹은 사실 확인으로 답해야 한다!"

야당 대변인은 연일 기자회견을 열고, '주얼리 게이트'라는 자극적인 이름을 붙여 판을 키웠다. 흘러다니는 말들은 많았지만 증거는 딱 떨어지지 않았다. 오직 익명의 증언과 정황뿐이었다.

하지만 대중에게 증거 따위는 중요하지 않았다. "아니 땐 굴뚝에 연기 나랴."라는 오래된 속담은, 합리적 의심이라는 세련된 말로 포장되어 에테르 공화국 구석구석까지 퍼져나갔다.

'정의'와 '공정'을 평생의 브랜드로 삼아온 윤산군에게, 아내의 유흥업소 접대부 의혹은 아킬레스건을 넘어 심장을 겨눈 비수였다. 그가 평생을 검사로 살면서 쌓아 올린 강철 같은 이미지가, '주얼리'라는 나비의 날갯짓 한 번에 와르르 무너져 내리고 있었다.

사람들은 수군거렸다.

"자기 아내 단속도 못 하면서 무슨 나라를 다스린다고."

"검사 시절에 그 룸 드나들면서 만난 거 아니야?"

의혹은 꼬리에 꼬리를 물고 괴물처럼 부풀어 올랐다.

"후보님, 이대로는 안 됩니다. 결단을 내리셔야 합니다!"

백전노장의 선거대책본부장, 박만식은 거의 무릎이라도 꿇을 기세로 윤산군 앞에 섰다. 그의 이마에는 깊은 주름이 패어 있었고, 눈은 며칠 밤을 샌 사람처럼 붉게 충혈되어 있었다.

"무슨 결단을 말하는 겁니까."

윤산군의 목소리는 쇳소리처럼 날카롭고 거칠었다. 그는 집무실 창가에 서서 프리즈마리스의 야경을 내려다보고 있었다. 도시의 불빛은 화려했지만, 그의 눈에는 그저 혼돈의 소용돌이로 보일 뿐이었다.

"사모님께서… 직접 나서주셔야 합니다. 대국민 사과를 하시든 혹은 … 선거 기간만이라도 잠시… 활동을 중단하시는 편이…."

박만식의 목소리가 끝으로 갈수록 기어들어 갔다. '활동

중단'이라는 말은 사실상 '버리는 카드'로 취급하라는 뜻임을, 이 방에 있는 모두가 알고 있었다. 침묵이 흘렀다. 참모들은 숨소리조차 내지 못하고 두 사람을 바라보았다.

윤산군이 천천히 몸을 돌렸다. 그의 얼굴은 분노로 일그러져 있었다. 평생 수많은 범죄 피의자들을 취조하며 다져진, 사람의 영혼까지 꿰뚫어 볼 듯한 날카로운 눈빛이 박만식을 향했다.

"박 본부장. 내 아내는 그런 사람이 아니오. 당신들은 내 아내가 어떤 사람인지 아무것도 모르면서, 어떻게 그런 말을 입에 담을 수 있소!"

"후보님! 저도 사모님을 믿습니다! 하지만 이건 믿음의 문제가 아니라 선거 전략의 문제입니다! 지금 국민들은 진실이 무엇인지는 관심 없습니다. 재미있는 이야깃거리가 필요할 뿐입니다. 이대로 가다간… 다 죽습니다!"

"전략? 내 아내의 명예를 팔아서 얻는 승리가 무슨 의미가 있단 말이오! 이따위 저질 공작에 흔들릴 거였다면 시작도 안 했소. 다들 나가시오. 혼자 있겠습니다."

그의 목소리에는 더 이상의 토론을 허용하지 않겠다는 단호함이 서려 있었다. 참모들은 무거운 한숨을 내쉬며 하나

둘씩 방을 나갔다. 문이 닫히고, 거대한 집무실에 다시 혼자 남은 윤산군은 책상으로 다가가 액자를 집어 들었다.

액자 속에는 몇 해 전, 한 전시회에서 찍은 안나의 사진이 있었다. 화려한 조명 아래, 현대미술 작품을 배경으로 환하게 웃고 있는 그녀. 지적이고, 우아하며, 세상의 모든 빛을 한 몸에 받는 듯한 모습이었다.

윤산군은 그녀의 이런 모습에 반했다. 늦은 나이에 만난, 자신의 삭막한 인생을 다채로운 색으로 채워준 유일한 여자였다. 그녀가 운영하던 전시기획사 '아르떼 콘텐츠'는 예술계에서 꽤나 이름이 알려져 있었다. 그녀는 예술을 사랑했고, 예술가들과 어울렸으며, 그 자신을 하나의 완벽한 예술작품처럼 가꾸는 사람이었다.

'주얼리'라니. 말도 안 되는 소리였다. 자신의 안나가, 그런 천박한 이름으로 불리며 남자들에게 술을 따르고 웃음을 팔았을 리가 없었다.

윤산군은 사진 속에서 웃고 있는 안나를 보며 스스로를 다잡았다. 이건 적들의 비열한 공격일 뿐이다. 내가 흔들리면 안 된다. 내가 그녀를 지켜야 한다. 하지만 그의 굳은 결심 너머로, 불안의 그림자가 스멀스멀 피어오르는 것은 어쩔 수 없었다. 지지율 그래프는 거짓말을 하지 않았다.

같은 시각, 윤산군 후보의 자택은 폭풍의 눈처럼 고요
했다.

프리즈마리스의 부촌, '스카이 캐슬'의 최상층 펜트하우
스. 통유리 창 너머로 도시의 야경이 보석처럼 펼쳐져 있었
다. 거실 벽면은 유명 작가들의 추상화로 채워져 있었고, 대
리석 바닥은 은은한 조명을 받아 잔잔한 호수처럼 빛났다.
세상의 모든 소음이 차단된 듯한 이 공간에서, 안나는 벨벳
으로 싸여진 긴 의자에 비스듬히 누워 있었다.

그녀의 손에는 태블릿PC가 들려 있었다. 화면에는 자신의
이름과 '주얼리'라는 단어가 뒤섞인 기사들이 홍수처럼 쏟
아지고 있었다. 그녀는 기사 하나하나를, 그 아래 달린 악플
들까지도 놓치지 않고 꼼꼼히 읽어 내려갔다. 그녀의 표정에
는 분노나 슬픔, 억울함 같은 감정은 보이지 않았다. 마치 잘
짜인 연극을 관람하는 관객처럼, 혹은 복잡한 체스판의 다음
수를 계산하는 플레이어처럼, 차분하고 냉정했다.

"사모님, 캠프에서 전화 왔었습니다."

집사가 조심스럽게 다가와 보고했다.

"받지 말라고 했을 텐데요."

"박만식 본부장께서… 아주 급한 용무라고…."

안나는 태블릿에서 눈을 떼지 않은 채 말했다.

"그 급한 용무가 뭔지 알아요. 나더러 석고대죄라도 하라는 거겠죠. 아니면 쥐 죽은 듯이 숨어 있으라고 하거나."

그녀의 입가에 옅은 조소가 스쳤다. 그녀는 태블릿 화면을 껐다. 검게 변한 화면에 그녀의 얼굴이 비쳤다. 완벽하게 계산된 각도의 턱선, 흐트러짐 없는 눈빛.

그녀는 자신의 얼굴을 잠시 들여다보더니, 자리에서 일어나 드레스룸으로 향했다.

수십 벌의 명품 의상과 가방, 구두가 박물관처럼 진열된 공간. 그녀는 그 앞을 천천히 거닐며 무언가를 고심했다. 지금 이 상황에서, 자신이 어떤 모습으로 대중 앞에 서야 하는가. 그것은 그녀에게 가장 중요한 문제였다. 그녀는 '주얼리'라는 더러운 진흙탕 속에서, 가장 순수하고 고결한 연꽃으로 피어나야 했다.

한참을 고민하던 그녀의 손이, 아이보리색의 단아한 트위

드 투피스에 멈췄다. 화려하지 않지만 기품이 있었고, 목에 진주 목걸이를 매치하면 지적인 이미지를 극대화할 수 있을 터였다.

의상을 고른 그녀는 곧장 휴대전화를 들었다. 그리고는 수많은 정치부 기자들의 연락처 목록에서 단 하나의 이름을 찾아 전화를 걸었다. 에테르 공화국에서 가장 영향력 있는 시사 프로그램의 앵커, '이성민'이었다.

"앵커님, 저 윤산군 후보 아내 안나입니다. 네, 드릴 말씀이 있어서요. 혹시 내일 저녁 생방송에 잠시… 시간을 내주실 수 있을까요? 제가 직접 스튜디오로 가겠습니다."

수화기 너머로 이성민 앵커의 놀라움과 흥분이 뒤섞인 목소리가 들려왔다. 안나는 거울 앞에 서서, 자신의 얼굴에 가장 연약하고 슬퍼 보이는 표정을 연습하며 통화를 이어 갔다.

이것은 위기가 아니었다. 이것은 기회였다. 남편의 그림자에 가려져 있던 자신을, '윤산군의 아내'가 아닌 '안나'라는 존재 자체를, 에테르 공화국 국민 모두에게 각인시킬 절호의 기회. 그녀는 이 무대의 주인공이 될 준비를 하고 있었다.

다음 날 저녁, EBC 방송국 스튜디오는 전쟁터를 방불케 했다.

안나가 단독으로 생방송에 출연한다는 소식은 그 자체로 메가톤급 뉴스였다. 모든 언론사 기자들이 방송국 로비에 진을 쳤고, 카메라 플래시가 쉴 새 없이 터졌다.

윤산군 후보 캠프는 발칵 뒤집혔다. 박만식 본부장은 안나의 독단적인 행동에 뒷목을 잡고 쓰러질 지경이었다.

"미쳤어! 다들 미쳤어! 생방송에서 말실수 한 번이면 그걸로 끝장이야! 대체 누가 이런 무모한 짓을 허락한 거야!"

그의 절규에 윤산군이 가라앉은 목소리로 말했다.

"내가 허락했소. 내 아내를 믿으니까."

그의 목소리에는 흔들림이 없었지만, 굳게 맞잡은 두 손은 미세하게 떨리고 있었다. 그 역시 이 도박이 얼마나 위험한지 알고 있었다. 하지만 아내의 목소리에는 이상한 확신이 있었다. "여보, 나를 믿어. 내가 다 해결할게." 그 한마디에, 그는 모든 것을 걸기로 했다.

잠시 후, '이성민의 포커스' 생방송이 시작되었다.

"시청자 여러분, 안녕하십니까. 오늘 이 자리에는 아주 어려운 발걸음을 해 주신 분이 있습니다. 윤산군 후보의 배우자, 안나 여사님을 스튜디오에 모셨습니다."

카메라가 스튜디오 중앙에 앉아 있는 안나를 비췄다. 그녀는 어제 골랐던 아이보리색 투피스를 입고 있었다. 과하지 않은 화장, 단정하게 빗어 넘긴 머리, 그리고 목에 걸린 진주 목걸이는 그녀를 침착하고 지적인 여성으로 보이게 했다. 하지만 그녀의 두 눈은 슬픔으로 촉촉하게 젖어 있었고, 굳게 다문 입술은 금방이라도 터져나올 울음을 참고 있는 듯한 인상을 주었다. 완벽하게 연출된 비련의 여주인공이었다.

이성민 앵커가 조심스럽게 첫 질문을 던졌다.

"먼저… 이렇게 직접 나와 주셔서 감사드립니다. 많이 힘드시죠?"

안나는 희미하게 고개를 끄덕였다. 그리고는 마이크에 대고, 거의 들리지 않을 만큼 작은 목소리로 말했다.

"괜찮습니다… 제가 자초한 일이니, 제가 감당해야지요."

그녀의 첫 마디는 모든 시청자들의 귀를 사로잡았다. '내가 자초한 일'이라는 표현은, 마치 의혹을 일부 인정하는 듯한 뉘앙스를 풍기며 엄청난 궁금증을 불러일으켰다. 이성민 앵커는 이 기회를 놓치지 않았다.

"자초한 일이라고 하셨습니다. 지금 세간에 떠도는, 이른 바 '주얼리' 의혹에 대해… 하실 말씀이 있으십니까? 많은 국민들이 궁금해 하고 있습니다. 단도직입적으로 여쭙겠습니다. 안나 여사님은, 과거 '주얼리'라는 이름으로 유흥업소에서 일한 사실이 있으십니까?"

스튜디오의 공기가 멈췄다. 모든 스태프와 시청자들이 숨을 죽이고 그녀의 입을 바라보았다. 그녀의 대답 한마디에, 한 사람의 인생과 한 나라의 운명이 걸려 있었다.

안나는 정면의 카메라를, 마치 그 너머의 모든 국민들과 눈을 맞추려는 듯, 똑바로 응시했다. 그리고는… 피식, 하고 웃음을 터뜨렸다. 분노나 조소가 아니었다. 너무나 어처구니가 없어서, 혹은 너무나 슬퍼서 나오는 듯한, 그런 허탈한 웃음이었다.

"앵커님."

그녀가 입을 열었다.

"제가… 제 입으로 이런 말씀을 드리는 것이 참 부끄럽습니다만, 저는 젊은 시절 정말 악착같이 살았습니다. 낮에는 대학원에서 공부하고, 밤에는 학원 강사를 뛰고, 주말에는 번역 아르바이트를 했습니다. 그렇게 해서 석사학위를 두 개 땄고, 박사학위까지 마쳤습니다."

그녀는 잠시 말을 멈추고, 슬픈 눈으로 이성민 앵커를 바라보았다.

"제가… 주얼리를 하고 싶어도 할 시간이 있었을까요?"

순간, 스튜디오 안의 공기가 바뀌었다. 그것은 단순한 부인이 아니었다. 논리의 허점을 파고드는, 영리하고 날카로운 반격이었다. '유흥업소 접대부'라는 선정적인 프레임을 '치열하게 살아온 고학력 전문직 여성'이라는 프레임으로 단숨에 뒤집어버린 것이다.

이성민 앵커는 잠시 할 말을 잃었다. 그 역시 이 정도로 정교한 답변이 나올 것이라고는 예상치 못했다.

안나는 이 기세를 몰아갔다. 그녀의 목소리는 이제 더 이상 작지 않았다. 슬픔과 분노가 뒤섞인, 호소력 짙은 톤으로 변해 있었다.

"저는 제가 완벽한 사람이라고 생각하지 않습니다. 과거에 실수도 있었고, 부족한 점도 많습니다. 하지만 단 한 번도 부끄럽게 산 적은 없습니다. 그런데 왜, 한 남자의 아내가 되었다는 이유만으로, 이렇게 저의 모든 인생이 난도질

당해야 합니까? 이것이 과연 공정한 것입니까?"

그녀의 눈에서 마침내 눈물 한 방울이 뺨을 타고 흘러내렸다. 카메라는 그 눈물을 놓치지 않고 클로즈업했다. 그것은 너무나도 시의적절하고, 너무나도 완벽한 눈물이었다.

"저는 괜찮습니다. 하지만 저 때문에, 평생 정의 하나만 보고 살아온 제 남편이… 제 남편의 꿈이 꺾이는 것은 볼 수가 없습니다. 모든 것이 제 불찰입니다. 부디… 저를 용서하시고, 제 남편에게는 한 번만 더 기회를 주십시오."

그녀는 자리에서 일어나, 카메라를 향해 90도로 허리를 숙였다.

방송이 끝나자마자, 인터넷 여론은 완전히 뒤집혔다.

"한 여자의 인생을 이렇게 짓밟아도 되는 거냐?"

"저렇게 똑똑하고 당당한 사람을… 주얼리라니, 말도 안 된다."

"내가 여자라서 아는데, 저건 진짜 억울할 때 나오는 눈물이야."

"오히려 더 멋있다. 남편을 위해 모든 걸 뒤집어쓰는 모습… 감동했다."

동정 여론이 들불처럼 번져나갔다. '주얼리 의혹'은 순식간에 '비열한 정치 공세'이자 '여성 혐오적 마녀사냥'으로 규정되었다. 그녀는 하룻밤 사이에 추문의 주인공에서, 흑색선전에 맞서 싸우는 용감한 여성이자, 남편을 위해 희생하는 현모양처의 아이콘으로 재탄생했다.

캠프 상황실은 축제 분위기였다. 하락하던 지지율 그래프는 V자로 극적인 반등을 시작했다. 박만식 본부장은 안나에게 전화를 걸었다.

"사모님, 제가 사람을 잘못 봤습니다! 사모님께서 이 선거를 구하셨습니다!"

그는 엉엉 울기까지 했다.

열흘 후, 에테르 공화국은 새로운 대통령을 맞이했다.

개표 막판까지 이어진 피 말리는 접전 끝에, 윤산군은 불과 0.7%p라는, 역사상 가장 근소한 차이로 승리했다. 그의 승리는 기적이라고 불렸다. 그리고 모두가 그 기적의 주역이 바로 안나라는 사실을 알고 있었다.

취임식 날, 프리즈마리스의 중앙 광장은 인산인해를 이뤘다. 윤산군은 국민들 앞에서 오른손을 들고 엄숙하게 대통령 선서를 했다. 그의 옆에는, 순백의 드레스를 입은 안나가 서 있었다. 그녀의 모습은 마치 세상에서 가장 순결하고 아름다운 성녀처럼 보였다.

취임식이 끝나고 이어진 기자회견에서 한 기자가 안나에게 질문했다.

"영부인으로서, 앞으로 어떤 역할을 하고 싶으십니까?"

안나는 마이크를 잡고, 더없이 온화하고 겸손한 미소로 답했다.

"저는 영부인이라는 말도 과분합니다. 저는 그저 제 남편이 국정에만 전념할 수 있도록, 조용히 내조하는 아내의 역할에만 충실하겠습니다. 앞으로 절대 국민 여러분 앞에 나서는 일은 없을 것입니다."

그녀의 약속에 지지자들은 뜨거운 박수를 보냈다. 정의로운 대통령과 그를 묵묵히 그림자처럼 보좌할 현명한 아내. 에테르 공화국의 새로운 시작을 알리는 완벽한 그림이었다.

하지만 그 순간, 단상 아래에서 그녀를 촬영하던 한 사진기자의 카메라 렌즈만이 포착한 표정에는 다른 모습이 찍혀 있었다. 수많은 인파를 향해 우아하게 손을 흔드는 그녀의 얼굴, 겸손한 미소를 짓고 있는 입술과는 달리, 그녀의 두 눈은 조금도 웃고 있지 않았다. 그 눈에는 이제 막 거대한 사냥감을 손에 넣은 포식자의 차가운 만족감과 이제부터 시작될 진짜 게임에 대한 뜨거운 야망이 이글거리고 있었다.

에테르 공화국은 아직 알지 못했다. 그들이 방금 목격한 것은 새로운 시대의 서막이 아니라 한 편의 거대한 비극, 혹은 희극의 시작이었음을. 그리고 그 무대의 진짜 주인공은 대통령이 아닌 그의 아내, '뮤즈' 안나가 될 것이라는 사실을 말이다.

재앙은 이제 막, 그 화려한 막을 올리고 있었다.

거짓으로 쌓아 올린 탑

에테르 공화국의 새로운 태양, 윤산군 대통령의 시대는 장밋빛 낙관론과 함께 시작되었다. '주얼리 게이트'라는 거대한 폭풍을 정면으로 돌파하고 승리를 쟁취한 신임 대통령 부부를 향한 국민적 관심은 가히 폭발적이었다. 특히, 절체절명의 위기에서 남편을 구하고 스스로 대중 앞에 서서 진심을 호소했던 영부인 안나는, 단순한 대통령의 아내를 넘어선 하나의 신드롬이 되어가고 있었다.

그녀의 패션, 그녀의 말투, 그녀가 사용하는 화장품까지 모든 것이 화제가 되었다. 그녀는 자신의 약속대로 '조용한 내조'의 표본을 보여주는 듯했다. 공식석상에서는 남편의 반 걸음 뒤에서 은은한 미소로 그를 빛냈고, 단독 활동으로는 보육원이나 양로원을 찾아 소외된 이들의 손을 잡는 모습을 연출했다. 언론은 연일 그녀의 자애로운 행보를 대서특필하며 '국모國母'의 새로운 전형을 제시했다고 칭송했다. 그녀의 팬클럽 '안나 로즈'는 회원수가 기하급수적으로 늘어났고, 그들은 안나의 모든 것을 숭배하며 그녀를 비판하는 목소리에는 맹렬한 공격을 퍼부었다.

대통령 집무실이 자리한 푸른 기와집, '청와궁靑瓦宮'의 분위기도 마찬가지였다. 윤산군 대통령은 취임 초부터 '적폐청산'을 기치로 내걸고 사정의 칼날을 휘둘렀고, 그의 지지율은 고공행진을 이어갔다. 그리고 모든 참모들은 이 안정적인 국정 운영의 일등공신이 바로 영부인 안나의 완벽한 내조 덕분이라고 믿어 의심치 않았다. 그녀는 청와궁의 보이지 않는 질서였고, 부드러운 권위였다.

하지만 모두가 이 새로운 시대의 낭만에 취해 있을 때, 단한 사람, 어두운 편집국 구석에서 홀로 차가운 이성을 유지하고 있는 이가 있었다. 탐사보도 전문매체 '더 크로니클'의 이진실 기자였다.

그녀는 '주얼리 게이트' 당시, TV 화면 속에서 눈물을 흘리던 안나의 얼굴을 잊을 수 없었다. 모두가 그 눈물에 감동하고 동정할 때, 이진실은 본능적으로 위화감을 느꼈다. 그것은 슬픔에 잠긴 여인의 눈물이 아니었다. 모든 것이 완벽하게 통제된, 한 치의 오차도 없는 배우의 눈물이었다. 눈물이 흐르는 각도, 카메라를 응시하는 타이밍, 떨리는 목소리의 음역대까지, 모든 것이 지나치게 완벽했다. 그녀는 직감했다. 저 여자는 괴물이라는 것을, 그리고 괴물은 반드시 흔적을 남긴다는걸.

그날 이후, 이진실은 안나라는 인물에 대한 모든 것을 처음부터 다시 파헤치기 시작했다. 그녀의 학창시절, 그녀가 운영했던 '아르떼 콘텐츠'의 자금 흐름, 그녀와 관련된 모든 인물들을 리스트업하며 정보를 수집했다.

하지만 안나의 과거는 짙은 안개에 싸인 듯 깨끗했다. 그녀는 자신의 과거를 철저하게 관리하고 지워온 사람이었다. 이진실의 취재는 번번이 벽에 부딪혔고, 편집국 내에서조차 "이제 그만 안나에게서 손을 떼라"는 압박이 들어왔다. 그녀는 점차 고립되어 갔다.

그러던 어느 늦은 밤, 이진실의 회사 이메일로 발신인이 없는 파일 하나가 도착했다. 파일의 이름은 'Veritas.zip.' '진실'이라는 뜻의 라틴어였다. 심장이 세차게 뛰기 시작했다. 그녀는 떨리는 손으로 압축파일을 풀었다. 그 안에는 스캔된 PDF 파일 수십 개가 들어 있었다.

그것은 몇 해 전, 안나가 프리즈마리스의 명문 사립대학인 '베리타스 대학교'의 디자인학부 겸임교수로 지원하며 제출했던 서류 일체였다. 이력서, 자기소개서, 학위증명서, 그리고 각종 수상 경력을 증명하는 상장들.

이진실은 마른침을 삼키며 이력서의 경력란을 확대했다. 눈을 의심할 만한 화려한 스펙들이 나열되어 있었다.

2008년 에테르 애니메이션 대상 '대상' 수상

2010년 프리즈마리스 국제 아트페어 총감독 역임

2012년 공화국 정부 세계 디자인 포럼 기획 자문위원

하나하나가 해당 분야에서 최고의 전문가에게나 주어질 법한 타이틀이었다. '주얼리' 의혹 당시, "석사 둘에 박사 하나"라며 자신의 학문적 성취를 강조했던 그녀의 말이 허언이 아니었음을 증명하는 듯했다.

하지만 이진실의 기자로서의 감각이 경고음을 올렸다. 너무나 완벽해서 오히려 의심스러웠다.

그녀는 밤을 새워 팩트 체크에 들어갔다.

먼저, '에테르 애니메이션 대상'의 역대 수상자 명단을 검색했다. 2008년 대상 수상작은 한 중견 제작사의 장편 애니메이션이었다. 수상자 명단 어디에도 안나 혹은 그녀의 개명 전 이름인 '안명주'는 없었다. 혹시나 해서 모든 부문의 수상자 명단을 샅샅이 뒤졌다.

마침내, 그녀는 '장려상' 부문에서 한 대학생 팀의 단편 애니메이션을 발견했다. 그리고 그 팀원 중 한 명으로 '안명주'라는 이름이 작은 글씨로 적혀 있었다. 대상이 아니라 수많은 장려상 중 하나. 그것도 단독 수상이 아닌 팀의 일원으로서였다. 이것은 단순한 실수가 아니었다. 명백한 의도를 가진 '날조'였다.

이진실의 심장은 아드레날린으로 뜨거워졌다. 다음 타깃은 '프리즈마리스 국제 아트페어'였다. 그녀는 수소문 끝에 2010년 당시 아트페어를 총괄했던 원로 미술평론가, 차강일 교수와 연락이 닿았다.

"안나 여사요? 아, 기억나지요. 아주 야무지고 인상 깊은 젊은이였어요."

차 교수의 첫 마디에 이진실은 잠시 맥이 빠졌다. 하지만 그녀는 포기하지 않고 집요하게 물었다.

"총감독으로 함께 일하셨다고 들었습니다. 당시 어떠셨는지요?"

전화기 너머의 차 교수가 허허, 하고 웃었다.

"총감독이요? 그 친구가요? 아닙니다. 그건 나였고. 그 친구는… 우리 아트페어와 연계해서 열렸던 신진작가 발굴전, 아주 작은 부대행사가 있었는데, 거기 파트타임 홍보 컨설턴트로 잠시 일했었지요. 총감독이라니, 하하, 아마 뭔가 착오가 있었을 겁니다."

착오가 아니었다. '파트타임 홍보 컨설턴트'가 '총감독'으로 둔갑한 것이다. 이것은 날조를 넘어 사기에 가까웠다.

마지막 퍼즐은 '정부 디자인 포럼'이었다. 이진실은 정보공개청구를 통해 당시 자문위원 명단을 확보했다. 역시나, 그 명단에 안나의 이름은 없었다. 다만, 당시 포럼 준비를 위해 구성되었던 수많은 실무 태스크포스 중 '대학생 서포

터즈 운영팀'의 회의록에 그녀의 이름이 한두 번 언급된 것을 찾아냈을 뿐이다. 비공식적인 조언을 몇 번 해 준 정도의 역할이, '정부기획자문위원'이라는 거창한 직함으로 포장된 것이었다.

모든 조각이 맞춰졌다. 안나의 이력서는 사실에 기반한 기록이 아니었다. 그것은 그녀가 스스로를 주인공으로 하여 창조해낸 한 편의 판타지 소설이자, 그녀의 야망을 담아 그려낸 정교한 예술 작품이었다.

이진실은 그동안 모은 증거 자료를 정리하여 기사를 작성하기 시작했다. 제목은 간결하고도 치명적이었다.

[단독] 영부인의 이력서, 그 화려한 거짓말의 탑

기사가 '더 크로니클' 홈페이지 메인에 걸린 것은 다음 날 아침 6시 정각이었다.

청와궁은 발칵 뒤집혔다.

새벽부터 울리기 시작한 비서실의 전화는 쉴 틈이 없었고, 출근하는 참모들의 얼굴은 사색이 되어 있었다. 대변인실은 밀려드는 기자들의 확인 전화에 아무런 답변도 내놓지 못하고 우왕좌왕했다. '주얼리 게이트'의 악몽이 채 가시기도 전에 터진, 비교도 할 수 없을 만큼 구체적이고 치명적인 스캔들이었다. '주얼리'는 실체가 불분명한 '의혹'이었지만, 이것은 반박할 수 없는 증거를 동반한 '팩트'였다.

"대체 이게 어떻게 된 일입니까! 사실입니까?"

대통령 비서실장은 아침 회의를 주재하며 책상을 내리쳤다. 아무도 선뜻 대답하지 못했다. 모두가 한 사람, 대통령의 입만 바라보고 있었다.

윤산군 대통령은 자신의 집무실에서 '더 크로니클'의 기사를 읽고 또 읽었다. 그의 얼굴은 딱딱하게 굳어 있었다. 기사에는 안나의 이력서 사본과 그것이 허위임을 증명하는 애니메이션 대상 수상자 명단, 차강일 교수의 인터뷰 내용이 나란히 편집되어 있었다. 빼도 박도 못하는 증거였다.

그는 평생을 증거와 법리를 가지고 싸워온 검사였다. 그는 눈앞의 이 증거들이 무엇을 의미하는지 누구보다 잘 알고 있었다. 분노와 함께, 배신감이 온몸을 휩쌌다. 그는 안나가 그저 평범한 전시기획자라고만 생각했다. 이렇게까지 자신의 경력을 속여온 사람일 줄은 꿈에도 몰랐다. '정의'와 '공정'을 외치며 대통령이 된 자신의 아내가, 거짓으로 쌓아 올린 탑 위에서 살아온 사기꾼이었단 말인가.

그때, 집무실 문이 조용히 열리고 안나가 들어왔다. 그녀는 평소의 화려한 모습이 아닌, 수수한 실내복 차림이었다. 화장기 없는 얼굴은 창백했고, 두 눈은 밤새 울기라도 한 듯 붉게 충혈되어 있었다. 그녀는 아무 말 없이 남편에게 다가와, 그의 앞에 무릎을 꿇었다.

"여보… 죄송해요."

그녀의 목소리는 물기에 젖어 가늘게 떨렸다. 윤산군은 차가운 시선으로 그녀를 내려다보았다.

"이게 다… 사실이오?"

안나는 고개를 끄덕였다. 그녀의 어깨가 작게 들썩이기 시작했다.

"왜… 왜 그랬소! 대체 왜 나를 속인 거요!"

윤산군의 목소리에 참아왔던 분노가 실려 터져 나왔다. 안나는 흐느끼며 말했다.

"무서웠어요… 당신은 너무나 대단한 사람이잖아요. 평

생을 정의를 위해 싸워온 위대한 검사. 그런 당신 옆에 서기에, 평범한 전시기획자인 제 모습이 너무나 초라하게 느껴졌어요. 그래서… 그래서 조금이라도 당신에게 어울리는 사람이 되고 싶어서… 바보 같은 욕심을 부렸어요. 당신에게 잘 보이고 싶어서… 사랑받고 싶어서 그랬어요, 여보….”

그녀의 울음은 절규에 가까워졌다. 그녀는 윤산군의 바짓가랑이를 붙잡고 애원했다.

“잘못했어요…. 제가 다 망쳤어요…. 당신의 얼굴에 먹칠을 했어요. 저 같은 건… 당신 곁에 있을 자격이 없어요. 당장이라도 청와궁을 떠날게요. 제발… 당신만은… 당신의 길을 가세요. 저 때문에 무너지지 마세요….”

순간, 윤산군의 마음을 지배하던 분노의 성벽에 균열이 가기 시작했다. 그녀의 말이 비수처럼 그의 양심을 파고들었다.

‘나 때문에? 내가 너무 대단해서, 그녀가 이런 거짓말을 하게 만들었단 말인가?’

그의 머릿속에서 상황이 재구성되기 시작했다. 그녀는 사기꾼이 아니었다. 그저 사랑하는 남자를 위해, 그의 높은 지위에 걸맞은 아내가 되기 위해 애썼던 가여운 여자일 뿐이었다. 그녀의 거짓말은 야망이 아니라 사랑의 다른 이름이었고, 그녀의 잘못은 기만이 아니라 서툰 자기희생이었다. 그는 위대한 남편이었고, 그녀는 그 위대함의 무게에 짓눌려 실수를 저지른 연약한 아내였다.

윤산군은 자신도 모르게 안나의 어깨를 감싸 안고 그녀를 일으켜 세웠다.

"일어나시오… 당신 탓이 아니오. 내가… 내가 당신을 더 보듬어주지 못한 탓이오. 내가 당신을 외롭게 만든 거요."

안나는 그의 품에 안겨 서럽게 울었다. 하지만 그녀의 얼굴이 윤산군의 어깨에 가려져 보이지 않는 순간, 그녀의 입가에는 아무도 모를 승리의 미소가 희미하게 번지고 있었다. 그녀는 또다시 이겼다. 남편이라는 가장 강력한 무기를, 그녀는 다시 한 번 완벽하게 자신의 손에 쥔 것이다.

그날 오후, 청와궁 춘추관에서 긴급 기자회견이 열렸다. 수백 명의 기자들이 몰려들어 인산인해를 이루었다. 단상에는 대통령 대변인이 아닌, 영부인 안나가 홀로 섰다. 그녀는 머리부터 발끝까지 검은색 정장을 입고 있었다. 화려했던 영부인의 모습은 온데간데없고, 마치 죄인처럼 고개를 깊이 숙인 채였다.

카메라 플래시가 폭죽처럼 터지는 가운데, 그녀는 준비해 온 A4 용지를 꺼내 읽기 시작했다.

"국민 여러분께 심려를 끼쳐드려 대단히 죄송합니다."

그녀는 연설을 시작하기 전, 단상 앞에서 90도로 허리를 숙였다. 순간 기자회견장은 정적에 휩싸였다.

"오늘 아침 보도된 저의 허위 이력 논란은⋯ 모두 사실입니다."

그녀의 입에서 나온 '인정'이라는 두 글자에, 기자들은 숨을 죽였다. 그 누구도 이렇게 빠르고 명쾌한 시인을 예상하지 못했다.

"저는 과거, 여러 대학에 교수로 지원하며 저의 경력을 부풀리고, 일부는 사실과 다르게 기재하였습니다. 그 어떤 변명도 할 수 없는 저의 명백한 잘못입니다."

그녀의 목소리는 차분했지만, 끝이 미세하게 떨리고 있었다.

"왜 그랬냐고 물으신다면, 부끄럽지만 솔직하게 말씀드리고 싶습니다. 돋보이고 싶었습니다. 제 실제 능력보다 더 대단한 사람처럼 보이고 싶었습니다. 특히, 제가 존경하고 사랑하는 남편에게… 부족하지 않은 아내가 되고 싶다는 어리석은 욕심이 저를 잘못된 길로 이끌었습니다."

그녀는 잠시 말을 멈추고, 눈가를 살짝 훔쳤다. 완벽하게 계산된 타이밍이었다.

"이 모든 것은 전적으로 저의 과오이며, 당시 저를 믿고 채용해 주셨던 학교와 저의 거짓말을 믿어주셨던 학생들에게 평생 갚아도 모자랄 죄를 지었습니다. 오늘부로, 제가 그동안 교수 활동으로 받은 모든 급여를 사회에 환원하겠습니다. 그리고 앞으로 영부인으로서의 모든 공식 활동을 중단하고, 조용한 곳에서 자숙과 반성의 시간을 갖겠습니다."

그녀는 다시 한번 깊이 허리를 숙였다.

"부디… 저의 불찰로 인해, 오직 국민만을 위해 헌신하고 있는 제 남편의 국정 운영에 누가 되지 않기를 간절히 바랄 뿐입니다. 다시 한 번, 국민 여러분께 머리 숙여 사죄드립니다."

기자회견은 질의응답 없이 그대로 끝났다. 안나는 쏟아지는 질문을 뒤로한 채, 묵묵히 회견장을 빠져나갔다.

그녀의 눈물 젖은 사죄는, '주얼리 게이트' 때보다 훨씬 더 강력한 파급력을 가졌다. 인터넷 여론은 또다시 들끓었다. 물론 "국민을 상대로 사기 친 범죄자"라는 맹렬한 비난도 있었지만, 상당수의 여론은 그녀에게 동정적으로 돌아섰다.

"그래도 잘못을 깨끗하게 인정하는 모습은 보기 좋다."
"얼마나 남편에게 잘 보이고 싶었으면 저랬을까… 여자로서 마음이 이해가 간다."
"솔직히 저 정도 경력 부풀리기는 사회생활을 하다 보면 다들 하는 거 아니야?"
"영부인 잘못은 영부인 잘못이고, 대통령은 일 잘하게 놔두자. 발목 잡지 마라."

'솔직한 고백', '진심 어린 사과', '남편을 위한 희생'이라는 프레임이 또다시 성공적으로 작동했다. 안나는 가장 치명적인 위기를, 가장 극적인 반전의 드라마로 바꾸어 놓았다. 그녀는 자신의 '거짓말'이라는 죄를, 남편을 향한 '지극한 사랑'이라는 미덕으로 포장하는 데 성공한 것이다.

그날 밤, 모든 공식 활동을 중단하고 자숙하겠다던 영부인 안나는 청와궁의 가장 깊숙한 곳에 위치한 자신의 개인 서재에 있었다. 그녀는 우아한 실크 가운을 걸친 채, 소파에 기대앉아 최고급 샴페인을 홀짝이고 있었다. 그녀의 앞에는 대형 스크린이 설치되어 있었고, 화면에는 자신의 기자회견 영상과 그에 대한 실시간 여론 반응을 분석한 데이터 그래프가 떠 있었다.

'부정 여론 45%, 동정 및 긍정 여론 55%.'

그래프를 확인한 그녀의 입가에 만족스러운 미소가 걸렸다. 그녀는 샴페인 잔을 들어 스크린 속, 눈물을 흘리고 있는 자신의 얼굴을 향해 가볍게 건배했다.

"수고했어, 안나. 역시 넌 최고의 배우야."

그녀는 알고 있었다. '자숙'은 끝이 아니라 새로운 시작을 위한 숨 고르기일 뿐이라는 것을.

'조용한 내조'라는 무대는 이제 너무 좁았다. 그녀는 이 청와궁을, 나아가 에테르 공화국 전체를 자신의 새로운 갤러리로 만들 생각이었다. 그리고 그곳에, 역사상 가장 대담

하고 파격적인 자신의 작품을 전시할 계획이었다.

　그녀의 이력서는 단순한 종잇조각이 아니었다. 그것은 그녀의 철학이자 예고편이었다. 현실을 자신의 욕망에 맞게 재창조하고, 거짓을 진실보다 더 매혹적으로 보이도록 만드는 능력. 그것이 바로 그녀의 '예술'이었다. 그리고 이제, 그녀는 그 예술을 종이 위가 아닌, 국가라는 거대한 캔버스 위에 펼쳐 보일 참이었다.

　두 번째 막이, 성공적으로 끝났다.

푸른 기와집은 기운이 안 좋아

영부인 안나의 눈물 젖은 대국민 사과 이후, 에테르 공화국의 정국은 기묘한 평온을 되찾았다. 허위 이력이라는 치명적인 스캔들은 '사랑에 눈먼 아내의 가여운 실수'로 둔갑했고, 그녀는 '자숙'이라는 이름의 견고한 성벽 뒤로 모습을 감췄다. 국민들은 이제 영부인의 과거가 아닌, 대통령 윤산군이 약속한 '정의로운 국가'의 미래에 집중하기 시작했다. 청와궁의 시간은 순리대로 흐르는 듯했다.

하지만 그 고요한 수면 아래에서, 보이지 않는 물결이 거대한 흐름을 바꾸고 있었다. 그 파동의 진원지는, 자숙 중인 영부인 안나의 침실이었다.

사건은 아주 사소한 불평에서 시작되었다.

"여보, 나 요즘 잠을 잘 못 자요."

늦은 밤, 국정 서류를 검토하던 윤산군에게 안나가 창백한 얼굴로 다가와 속삭였다. 그녀의 목소리에는 깊은 피로감이 서려 있었다.

"왜 그러시오? 어디 아픈 거요? 당장 어의를 부르겠소."

윤산군은 즉각 서류를 내려놓고 아내의 이마를 짚었다. 그의 눈에는 걱정이 가득했다. 안나는 그의 손을 부드럽게 밀어내며 고개를 저었다.

"아니에요, 아픈 건. 그냥… 이 집이 너무 낯설어서 그런가 봐요. 밤만 되면 으슬으슬 춥고, 자꾸 악몽을 꿔요. 꼭 누군가 나를 짓누르는 것처럼… 가위에 눌리기 일쑤예요."

"가위라니? 이 청와궁이 얼마나 보안이 철저한 곳인데. 다 기분 탓일 거요. 당신이 그 일로 너무 심려가 커서 그래."

"그럴까요… 그런데 어젯밤에는 꿈에, 머리를 풀어헤친 하얀 소복의 여인이 나타나서… 저더러 어서 이 집에서 나가라고 소리치는 거예요. 그 눈빛이 너무 무서워서."

안나는 몸을 떨며 윤산군의 품에 파고들었다. 윤산군은

그런 아내를 안쓰럽게 다독이며 등을 토닥였다. 그에게는 그저 아내가 큰일을 겪은 후 겪는 심리적인 후유증으로만 보였다.

하지만 안나의 불평은 그날로 그치지 않았다. 그녀는 날이 갈수록 수척해져 갔다. 최고급 식자재로 차린 수라상에도 거의 손을 대지 않았고, 낮에는 커튼을 모두 친 채 어두운 방안에만 틀어박혀 있었다. 그녀는 청와궁의 정원을 거닐다가도 갑자기 비명을 지르며 "저기 나무 뒤에서 누가 나를 쳐다보고 있다"고 하거나, 텅 빈 복도를 지나며 "방금 누가 내 어깨를 스치고 지나갔다"며 기겁을 했다.

청와궁의 사용인들 사이에서는 "영부인께서 그 일로 상심이 커서 홧병이 나셨다"는 소문이 돌았다. 윤산군의 마음은 타들어 갔다. 그는 국내 최고의 정신과 의사를 비밀리에 불러 아내를 진료하게 했지만, 의사는 "심리적 안정이 최우선"이라는 원론적인 답변만 내놓을 뿐이었다.

"여보, 이 집… 뭔가 이상해요. 기운이 너무 안 좋아요. 이렇게 넓은데도 숨이 턱턱 막히고, 어깨가 천근만근 무거워요. 꼭 이 집 전체가 거대한 무덤 속에 있는 것 같아요."

어느 날 밤, 식은땀을 흘리며 잠에서 깨어난 안나가 울먹이며 말했다. 그 모습에, 평생을 유물론적 사고방식으로 살아온 강골 검사 윤산군의 마음속에도 스멀스멀 불길한 의심이 피어오르기 시작했다. 그는 이성적으로는 말이 안 된다고 생각했지만, 사랑하는 아내가 매일 밤 고통 속에 스러져가는 모습을 외면할 수는 없었다. 그에게 아내의 고통은, 국정의 혼란보다 더 시급하고 중대한 문제였다.

"당신… 혹시 아는 분 중에, 이런 쪽으로 좀… 밝으신 분이 있소?"

마침내 윤산군이 먼저 조심스럽게 물었다. '이런 쪽'이라는 애매한 표현은 그의 자존심이 허락하는 마지막 경계선이었다. 안나는 기다렸다는 듯, 하지만 최대한 마지못해 하는 표정으로 입을 열었다.

"사실… 예전에 전시회를 준비하면서 알게 된 분이 한 분 계시긴 한데… 세상 사람들은 그분을 도사니, 역술가니 하고 부르지만, 제가 보기엔 그저 우주의 기운과 세상의 이치를 깊이 공부하신 큰 스승님이세요. 그분 말씀이, 터에도 길이 있고 혈이 있어서, 그게 막히면 그곳에 사는 사람의 운명까지 막히게 된다고…."

"그분 성함이 뭐요?"

"만공 대사님이세요."

며칠 후, 모두가 잠든 깊은 밤.

삼엄한 경비망을 뚫고, 검은색 세단 한 대가 조용히 청와궁의 후문으로 들어섰다. 차에서 내린 사람은 백발의 노인이었다. 회색빛 비단 도포를 입고, 손에는 작은 나침반처럼 생긴 윤도輪圖를 들고 있었다. 날카로운 눈매와 달리, 그의 얼굴에는 인자한 미소가 걸려 있었다. 그가 바로 만공 대사였다.

안나가 직접 그를 맞이했다. 윤산군은 차마 나서지 못하고, 관저의 서재에서 초조하게 그들을 기다렸다. 법과 원칙의 화신이라고 불리는 자신이, 역술가를 청와궁에 들였다는 사실만으로도 그는 극심한 자기모멸감을 느끼고 있었다. 하지만 아내를 위해서라면, 지푸라기라도 잡는 심정이었다.

만공 대사는 안나의 안내를 받으며 청와궁 본관에 들어섰다. 그는 화려한 샹들리에나 고풍스러운 가구에는 눈길도 주지 않았다. 오직 나침반을 들여다보며 건물의 중심과 방향을 살피고, 이따금씩 손가락으로 허공에 무언가를 그리며 고개를 갸웃거릴 뿐이었다.

"음… 이 터는 본래 용이 똬리를 튼 명당이었으나, 오랜 세월 수많은 인간들의 원념과 욕망이 쌓여 혈이 막히고 기가 탁해졌소. 특히 저 북악의 험한 산세가 용의 머리를 내리누르는 형국이니, 이 안에서는 큰 뜻을 펼치기 어렵구려."

대통령 집무실에 들어서면서 만공 대사는 책상의 위치를 보고 혀를 찼다.

"이것 보시오. 대통령의 자리가 건물의 가장 깊숙하고 어두운 곳에 있지 않소. 백성을 굽어 살피는 자리가 아니라, 백성들로부터 고립되어 음모를 꾸미는 자리와 같소이다. 이러니 소통이 막히고 국정이 꼬일 수밖에."

마지막으로 그가 향한 곳은 대통령 부부의 침실이었다. 그는 침실에 들어서자마자 미간을 찌푸리며 뒷걸음질 쳤다.

"허허… 이 방은…음기陰氣가 너무 강하오. 수많은 영혼들의 한이 서려 있구려. 과거에 비명횡사한 영혼, 권력을 잃고 피눈물을 흘린 영혼들이 밤마다 이 방을 떠돌며 새로운 주인을 시샘하고 저주하는 것이오. 영부인께서 악몽에 시달리는 것은 당연한 이치요. 이대로 두면… 단순히 몸을 해치는 것을 넘어, 국운國運까지 위태롭게 만들 것입니다."

그의 말 한마디 한마디는 안나의 증상을 완벽하게 설명해 주었다. 안나는 마치 신의 계시라도 들은 듯, 경외에 찬 눈빛으로 그를 바라보았다.

모든 '진단'을 마친 만공 대사는 윤산군이 기다리는 서재로 건너갔다. 그는 초조하게 자신을 바라보는 대통령에게 깊이 고개를 숙인 뒤, 결론을 내렸다. 그의 목소리는 낮았지만, 거역할 수 없는 무게를 담고 있었다.

"대통령 각하. 이 터는 이미 생명을 다했습니다. 죽은 용의 시체 위에 집을 짓고 사는 것과 같습니다. 하루라도 빨리 이곳을 떠나, 새로운 기운이 용솟음치는 곳으로 국정의 중심을 옮기셔야 합니다. 그것만이 각하와 영부인을 살리고, 나아가 이 나라 에테르 공화국을 번영케 하는 유일한 길입니다."

그날 밤, 윤산군은 한숨도 자지 못했다. 만공 대사의 말은 그의 이성과 상식을 송두리째 흔들어 놓았다. 하지만 동시에, 그동안 그를 괴롭혀왔던 모든 문제들에 대한 너무나도 명쾌한 해답처럼 들리기도 했다. 아내의 병, 소통 부재라는 비판, 왠지 모르게 꼬여만 가는 국정. 이 모든 것이 자신의 부족함 때문이 아니라 이 '터'의 문제였다는 진단은 역설적으로 그에게 엄청난 위안과 해방감을 주었다.

그는 더 이상 고민하지 않기로 했다. 이것은 미신을 믿는 것이 아니었다. 이것은 아내를 살리고, 나라를 구하기 위한 '결단'이었다.

이틀 후, 윤산군 대통령은 취임 후 첫 대국민 기자회견을 열고 폭탄선언을 했다.

"존경하는 국민 여러분, 저 윤산군은 오늘, 제왕적 대통령제의 상징인 청와궁을 국민 여러분의 품으로 완전히 돌려드리고, 대통령 집무실을 프리즈마리스의 국방부 청사로 이전할 것을 선언합니다!"

기자회견장은 물을 끼얹은 듯 조용해졌다가, 이내 벌집을 쑤신 듯한 소란에 휩싸였다. 수십 년간 에테르 공화국 권력의 심장이었던 청와궁을 버리고, 국방부 청사로 이전하겠다는 발상은 그 누구도 상상조차 하지 못했던 일이었다.

윤산군은 준비한 원고를 힘차게 읽어 내려갔다.

"지금의 청와궁은 국민과 소통하기에 너무나도 폐쇄적인 구조입니다. 저는 담장 밖으로 나와, 국민 여러분과 더 가까이에서 눈을 맞추고 호흡하는 대통령이 되겠습니다. 제왕적 권위를 내려놓고, 국민을 섬기는 일꾼이 되겠습니다. 이것은 단순히 공간의 이동이 아니라 국정 운영 패러다임의 위대한 전환이 될 것입니다!"

그럴듯한 명분들이 쏟아져 나왔다. '국민과의 소통', '제왕적 대통령제 탈피', '일하는 대통령.' 하지만 그 어느 단어도, '터의 기운'이라는 진짜 이유를 설명해 주지는 않았다.

야당과 언론은 즉각 맹공을 퍼부었다.

"수 조 원이 소요될지 모르는 대통령 집무실 이전을, 공론화 과정도 없이 대통령 혼자 결정하는 것이 과연 민주적인가!"
"국방부와 합참을 갑자기 어디로 내쫓겠다는 말인가? 국가안보에 구멍을 뚫을 셈인가!"

"경제위기 상황에서, 대체 왜 이토록 불요불급한 일에 천문학적인 혈세를 쏟아부어야 하는가!"

하지만 윤산군은 요지부동이었다. 그는 이미 마음을 굳혔다. 그에게 이것은 정치적 공방의 대상이 아니라 나라의 운명이 걸린 성전聖戰과도 같았다.

"반대를 위한 반대일 뿐입니다! 역사가 우리의 결단이 옳았음을 증명할 것입니다!"

그는 밀어붙였다. 수십 개의 TF팀이 꾸려졌고, 이전계획은 일사천리로 진행되었다. 국방부는 졸지에 이삿짐을 싸게 되었고, 합참은 몇 개의 건물들로 찢겨져 쫓겨나듯 밀려났다. 수십 년 된 나무들이 하루아침에 잘려나갔고, 청와궁의 귀중한 문화재들은 제대로 된 포장도 없이 창고로 옮겨졌다. 모든 것이 속도전이었다. 마치 보이지 않는 무언가에 쫓기는 사람들처럼.

그리고 그 모든 혼란의 중심에서, '자숙' 중이던 영부인 안나가 조용히 움직이고 있었다.

그녀는 공식적으로는 그 어떤 직함도, 역할도 맡지 않았다. 하지만 대통령 집무실 이전 TF의 모든 핵심 관계자들은, 실질적인 결정권자가 누구인지를 알고 있었다. 그들은 대통령에게 보고하기 전에, 반드시 '사모님'의 의중을 먼저 확인해야 했다.

어느 날 오후, 안나는 검은색 선글라스와 스카프로 얼굴을 가린 채, 한창 리모델링 공사가 진행 중인 국방부 청사 현장에 나타났다. 그녀의 옆에는 국내 최고의 인테리어 디자이너와 조경 전문가가 그림자처럼 붙어 있었다.

"이쪽 벽은 전부 허물어 주세요. 답답해 보여요. 그리고 전면에 통유리를 설치해서, 프리즈마리스의 시티뷰가 한눈에 들어오게 해 주세요. 대통령의 집무실은 권위적인 공간이 아니라 영감을 주는 갤러리 같아야 해요."

그녀는 마치 자신의 개인 저택을 꾸미듯, 거침없이 지시를 내렸다. 대통령 집무실의 가구는 이탈리아 장인이 만든 최고급 수제품으로, 벽에 걸릴 그림은 그녀가 직접 선정한 현대미술 거장의 작품으로 채워졌다. 수백 억짜리 공사 예산은 그녀의 '예술적 영감'을 실현하는 데 아낌없이 투입

되었다.

"그리고 관저 정원은… 너무 딱딱해요. 한국적인 미를 살리되, 모던한 느낌을 잃지 않았으면 좋겠어요. 저기 저 소나무는 기운을 막는 것 같으니 베어버리고, 그 자리에 물이 흐르는 작은 수水공간을 만들어 주세요. 재물과 생명의 기운이 안으로 흘러 들어오도록."

그녀의 모든 지시는, 놀랍게도 며칠 전 만공 대사가 그녀에게 비밀리에 전달해 준 '풍수지리 지침서'의 내용과 정확히 일치했다. 그녀는 국가의 백년대계를 결정하는 공간을, 한 역술가의 조언에 따라 자신의 거대한 캔버스처럼 마음대로 주무르고 있었다.

한편, 이 모든 비상식적인 상황을 의심의 눈초리로 지켜보던 이진실 기자는 끈질긴 잠복과 취재 끝에, 마침내 결정적인 단서를 포착했다. 그날 밤 청와궁 후문으로 들어갔던 검은색 세단의 차량 번호를 확보한 것이다. 그리고 그 차량의 소유주가, 세간에 '대통령의 멘토'로 알려진 만공 대사의 법인 소유라는 사실을 밝혀냈다.

이진실은 모든 퍼즐 조각이 맞춰지는 듯한 전율을 느꼈다.

대통령 집무실 이전이라는, 국가적 대혼란의 시작은 영부인의 '아픔'이었고, 그 과정은 정체불명의 역술가의 '진단'이었으며, 그 결과는 영부인의 '작품'이 되어가고 있었다.

그녀는 키보드 위에 손을 올렸다. 다시 한 번, 세상에 진실을 알려야 했다. 하지만 이번에는 상대가 너무나도 거대했다. 그녀는 단순히 영부인의 비리를 고발하는 것이 아니었다. 한 나라의 대통령이, 이성과 합리가 아닌, 미신과 주술에 의해 움직이고 있다는 끔찍한 사실을 폭로해야 했다. 이것은 에테르 공화국 전체의 근간을 흔드는, 위험한 싸움의 시작이었다.

같은 시각, 안나는 새로운 대통령 관저가 될 외교부장관 공관의 리모델링 조감도를 넘겨보고 있었다. 그녀의 손가락이 조감도의 한 부분을 가리켰다.

"이쪽 별채는… 너무 낡았네요. 허물고 새로 지어야겠어요. 손님들을 맞이할 수 있는, 아늑하고 품격 있는 공간으로요."

그녀의 머릿속에는 이미 그 공간의 용도가 정해져 있었

다. 그곳은 앞으로 에테르 공화국의 숨겨진 권력자들이, 대통령이 아닌 그녀를 찾아와 조언을 구하고, 국가의 중대사를 논의하게 될 새로운 '살롱'이 될 터였다. 푸른 기와집의 낡은 기운은 사라지고, 이제 그녀의 기운이 온 나라를 지배하게 될 것이었다.

그녀의 입가에 비로소 만족스러운 미소가 떠올랐다. 세 번째 막이, 성공적으로 올랐다.

그림자 내각과 슬리퍼 한 짝

'돌산 시대'가 열렸다.

에테르 공화국의 심장은 제왕적 권위의 상징이던 푸른 기와집, 청와궁을 떠나 프리즈마리스의 심장부, 국방부 청사에 새롭게 자리 잡았다. 대통령 윤산군은 매일 아침, 새로 단장한 집무실의 통유리창 앞에 서서 분주하게 움직이는 도시의 풍경을 내려다보며 감회에 젖었다. 그는 자신이 역사를 만들었다고 믿었다.

국민의 곁으로 다가온 최초의 대통령, 구시대의 권위를 벗어던진 최초의 대통령.

그의 집무실은 더 이상 고립된 성채가 아니었다. 안나의 '예술적 감각'으로 재탄생한 공간은 마치 뉴욕의 현대미술 갤러리처럼 세련되고 미니멀했다. 벽에는 유명 추상화가의 거대한 캔버스가 걸렸고, 집무용 책상은 북유럽 디자이너의 작품이었으며, 창밖으로는 잘 가꾸어진 정원과 프리즈마리스의 마천루가 한눈에 들어왔다.

"역시 당신의 안목은 탁월하오. 이곳에 오니 비로소 국정이 손에 잡히는 것 같소. 기운이 달라, 기운이."

윤산군은 자신의 옆에 선 아내, 안나의 어깨를 흐뭇하게 감싸 안으며 말했다. '자숙' 중이라던 안나는 공식석상에는 모습을 드러내지 않았지만, 이 새로운 대통령실의 실질적인 '안주인'이었다. 그녀는 "대통령의 업무 효율을 높이는 것도 내조의 일환"이라며 집무실의 모든 인테리어와 동선을 직접 설계했다.

하지만 이 새로운 공간에 적응하지 못하는 것은 비단 낡은 관료들뿐만이 아니었다. 가장 큰 혼란은 보이지 않는 곳에서, 시스템의 붕괴로부터 시작되고 있었다.

윤산군은 대선 공약에 따라 '영부인을 보좌하는 제2부속실'을 공식적으로 폐지했다. 이는 '조용한 내조'를 하겠다던 안나의 약속과 맞물려, 새 시대의 상징처럼 여겨졌다. 그러나 자연이 진공을 허용하지 않듯, 권력 또한 공백을 용납하지 않았다. 공식적인 제2부속실이 사라진 그 자리를, 유령처럼 스며들어와 완벽하게 대체한 이들이 있었다.

바로 '아르떼 콘텐츠' 출신, 안나의 사람들이었다.

그들은 공식적인 직함도, 급여를 받는 직원도 아니었다. 그들은 그저 "영부인께서 개인적으로 잘 아는 분들", "조용한 내조를 돕는 자원봉사자들"로 불렸다. 하지만 그들의 보이지 않는 권력은 청와궁의 어떤 수석비서관보다도 막강했다.

그림자 군단의 실질적인 리더는 '김량영'이라고 불리는 중년 여성이었다. 그녀는 본래 한 지방대학의 무용과 겸임교수였고, 안나가 운영하던 '아르떼 콘텐츠'에서 전시 기획전무를 지낸 인물이었다. 안나와는 20년 지기 자매 같은 사이로 알려져 있었다. 그녀는 항상 값비싼 명품 정장을 완벽하게 차려입고, 얼음장처럼 차가운 표정으로 대통령실 복도를 누볐다. 그녀의 손에 들린 태블릿 PC에는 영부인 안나의 모든 비공식 일정과 메시지가 담겨 있었고, 그녀의 입에서 나오는 말은 곧 영부인의 뜻이었다.

"의전비서관님, 이번 주에 예정된 주한대사 부인들 초청 오찬은 취소하고, 대신 성수동의 신진작가 갤러리 투어로 변경해 주세요. 사모님께서 요즘 K-아트의 역동성을 외교 무대에 알리는 데 관심이 많으십니다."

수십 년간 외교 의전의 정석을 밟아온 베테랑 의전비서관은 어처구니가 없다는 표정을 숨기지 못했다.

"교수님, 주한 대사 오찬은 몇 달 전부터 조율된 중요한 외교 행사입니다. 갑자기 일정을 바꾸는 것은 외교적 결례가 될 수 있습니다."

김 교수는 그런 그를 한심하다는 듯 처다보며 코웃음을 쳤다.

"비서관님, 아직도 그렇게 낡은 생각에 갇혀 계시니 발전이 없는 겁니다. 격식에 얽매인 따분한 밥 한 끼보다 살아 있는 예술 현장을 함께 느끼는 것이 훨씬 더 깊은 유대를 만들 수 있어요. 이건 사모님의 '소프트 외교' 철학입니다. 그냥 따르세요."

그녀의 말투에는 '자원봉사자'라고는 믿을 수 없는 권위와 오만함이 서려 있었다. 의전비서관은 분통이 터졌지만 아무 말도 할 수 없었다. 이 '교수님'의 말에 토를 달았다가 다음 날 한직으로 발령이 난 선배의 얼굴이 떠올랐기 때문이다.

결국 수십 개국 대사관에 보내야 할 양해서한을 작성하며, 그는 깊은 자괴감에 빠져들었다.

그림자 군단의 또 다른 축은 '유 실장'이라고 불리는 30대 초반의 남자였다. 그는 '아르떼 콘텐츠'에서 SNS 홍보와 사진촬영을 담당했던 직원으로, 안나가 길거리에서 직접 캐스팅했다고 알려져 있었다. 그는 항상 최신 유행의 명품 브랜드 옷을 입고 다녔고, 목에는 전문가용 카메라를 걸고 있었다. 그의 임무는 영부인 안나를 가장 '인스타그래머블Insta-grammable'하게 포착하여, 그녀의 팬클럽과 언론에 공급하는 것이었다.

"사모님, 이쪽 조명이 더 부드럽게 나옵니다. 턱을 살짝만 더 당겨주시고… 좋습니다! 완벽해요! 마치 오드리 헵번 같아요!"

그는 공식적인 대통령 전속 사진사들을 밀어내고, 안나의 모든 동선에 그림자처럼 따라붙었다. 대통령 부부가 주말에 자택 인근 빵집에 들르는 사적인 모습, 관저에서 반려견들과 함께 휴식을 취하는 모습 등 극도로 자연스럽게 연출된 사진들이 그의 손을 거쳐 팬클럽 '안나 로즈'의 회장에게 전달되었다. 그리고 그 사진들은 '소박하고 서민적인 영부인의 모습'이라는 제목과 함께 언론에 대서특필되었다. 대통령실의 공식 홍보라인은 자신들도 모르는 영부인의 사진이 왜 팬클럽을 통해 먼저 공개되는지 영문을 몰라 혼란에 빠졌지만, 누구도 감히 이의를 제기하지 못했다.

이 '아르떼 콘텐츠' 사단은 국가시스템의 공식적인 결재라인을 비웃듯, 모든 것을 주무르기 시작했다. 외교부장관은 다가올 에테르-미국 정상회담 준비 보고를 대통령이 아닌, 김량영 교수 앞에서 해야 했다. 행정안전부 의전과장은 국가 기념식의 좌석 배치를 유 실장에게 검토받아야 했고, "사진이 예쁘게 나오지 않는다"는 이유로 수십 년간 지켜온 관례를 깨야 했다.

공무원 사회는 술렁이기 시작했다. 수십 년간 국가를 위해 봉사해 온 자부심에 깊은 상처를 입은 이들은, 밤마다 술

자리에서 익명의 울분을 토해냈다.

"이게 나라냐? 무용과 교수가 외교를 좌지우지하고, 사진사 나부랭이가 국가 의전을 재단하고 있어."

"대통령께 보고를 드려도, '아내와 상의해 보겠다'는 말씀만 하시니… 대체 이 나라의 진짜 대통령은 누구란 말인가."

하지만 그들의 불만은 그들만의 비밀이 되어야 했다. 그 누구도 감히 고양이 목에 방울을 달 엄두를 내지 못했다. '아르떼 콘텐츠' 사단에 밉보이는 것은 곧 자신의 공직 생활이 끝장나는 것을 의미했기 때문이다.

탐사보도 전문 매체 '더 크로니클'의 이진실 기자는 짙은 안개 속을 헤매는 기분이었다.

'주술 정치' 의혹을 터뜨린 그녀의 후속 보도는 거대한 벽에 부딪혔다. 대통령실은 "근거 없는 흑색선전"이라며 일축했고, 여당은 "국정 흔들기를 위한 비열한 공세"라며 그녀를 '국가 반역자'로 몰아세웠다. 안나의 팬클럽 '안나 로즈'는 좌표를 찍고 그녀의 SNS와 이메일로 몰려와 입에 담지 못할 욕설과 인신공격을 퍼부었다. 심지어 회사 앞으로는 그녀를 위협하는 협박 우편물까지 배달되었다.

그녀는 혼자였다. 하지만 포기할 수는 없었다. 그녀는 대통령 집무실 이전이라는 거대한 연극 뒤에, 더 큰 진실이 숨어 있을 것이라고 확신했다. 그녀는 취재 방향을 바꾸었다. '만공 대사'라는 인물에서, '안나'라는 인물의 현재 권력 구도로 초점을 옮겼다.

그녀는 몇 주간 돌산의 새로운 대통령실 주변을 맴돌았다. 망원 렌즈가 달린 카메라로 출입하는 모든 인물들을 촬영하고, 그들의 신원을 파악했다. 그러다 몇몇 낯선 얼굴들이 거의 매일, 아무런 제지 없이 대통령실의 핵심 구역을 드나드는 것을 발견했다. 그들은 공무원 명부에 없는 인물들이었다.

이진실은 내부 조력자를 찾아야 했다. 그녀는 과거 취재원으로 알고 지내던 외교부의 한 중견 간부, 박 서기관에게 연락했다. 박 서기관은 원칙주의자로 소문난 인물로, 현재의 비정상적인 상황에 깊은 회의를 느끼고 있을 법한 사람이었다.

어두운 저녁, 인적이 드문 한식집의 별실에서 마주 앉은 박 서기관의 얼굴에는 피로와 분노가 뒤섞여 있었다.

"이 기자님, 제가 오늘 이 자리에 나온 것은… 더 이상 제

양심을 속일 수가 없기 때문입니다."

그는 그동안 외교부 안에서 벌어졌던 상상 초월의 일들을 쏟아내기 시작했다. 김량영 교수라는 정체불명의 인물이 어떻게 정상회담 의제를 보고받고, 외교적 관례를 무시한 채 선물을 고르고, 심지어는 민감한 외교문서에까지 손을 대려고 했는지.

비선의 국정 개입에 대해 성토하는 그의 목소리가 떨려 나왔다.

"얼마 전에는… 다가올 정상회담에서 미국 대통령 부인에게 전달할 선물을 가지고 한바탕 난리가 났습니다. 저희는 에테르의 전통 나전칠기 명장의 작품을 추천했는데, 그 김 교수라는 사람이 '너무 올드하다'며 일축하더군요. 그러고는… 사모님께서 개인적으로 후원하는 어떤 무명작가의 조형물을 선물로 정해버렸습니다. 문제는, 그 작가가 과거 '아르떼 콘텐츠'의 전속 작가였다는 겁니다. 이게… 국익을 위한 외교입니까, 아니면 개인 사업입니까!"

이진실은 그의 모든 증언을 녹음하며, 퍼즐 조각이 맞춰지는 것을 느꼈다. 공식라인이 마비되고, 그 자리를 사적인 인연과 이권으로 채우는 것. 이것은 단순한 비선 실세를 넘어, '국정의 사유화'였다.

"박 서기관님, 그 사람들의 얼굴을 특정할 수 있는… 증거가 필요합니다. 그들이 공식적인 행사에 관여하고 있다는 것을 보여줄 결정적인 한 방이요."

박서기관은 잠시 고민하더니, 어렵게 입을 열었다.

"얼마 전, 대통령 부부께서 국립현충원을 참배하신 적이 있습니다. 그때… 그 김 교수라는 사람도 따라나섰습니다. 저희는 당연히 공식 수행원인 줄 알았는데… 나중에 알고 보니 아무런 직책도 없는 민간인 신분이었습니다. 아마 그날 찍힌 사진 중에… 뭔가 남아 있을지도 모릅니다."

이진실은 그날 이후, 모든 언론사의 사진 데이터베이스를 샅샅이 뒤졌다. 국립현충원 참배 행사는 모든 언론에 공개된 행사였기에 수천 장의 사진이 남아 있었다. 그녀는 밤을 새워가며 사진들을 훑었다. 대통령 부부를 중심으로 찍힌 클로즈업 사진들에는 단서가 없었다.

그러다 문득, 그녀는 시선을 바꿔보기로 했다. 주인공이 아닌, 배경에 집중하기로 한 것이다. 그녀는 현장의 전체적인 분위기를 담은 와이드 샷들을 확대하기 시작했다. 그리고 마침내, 한 지방 신문사 사진기자가 찍은 풀샷 사진 한

귀퉁이에서, 그녀가 찾던 것을 발견했다.

사진 속에는 검은색 정장을 입고 헌화하는 윤산군 대통령과 그 옆에서 슬픔에 잠긴 표정으로 서 있는 안나의 모습이 담겨 있었다. 그리고 그들 뒤로, 다른 공식 수행원들과는 몇 걸음 떨어진 곳에 어색하게 서 있는 한 여인이 있었다. 김량영 교수였다.

그런데 그녀의 모습은 그 엄숙한 장소와는 너무나도 이질적이었다. 다른 사람들은 모두 검은색 정장에 구두를 신고 있었지만, 그녀는 혼자만 조금은 캐주얼한 느낌의 블라우스에, 발에는… 놀랍게도 발등이 훤히 드러나는 검은색 슬리퍼를 신고 있었다.

이진실은 온몸에 소름이 돋는 것을 느꼈다.

이것이었다. 바로 이것이 '스모킹 건'이었다.

국가원수와 함께하는, 가장 엄숙하고 경건해야 할 국립현충원 참배 현장에, 아무런 공적 직함도 없는 민간인이, 심지어는 예의에 어긋나는 슬리퍼 차림으로 버젓이 동행한 모습.

이 사진 한 장은, 현재 에테르 공화국의 국정 기강이 얼마나 처참하게 무너져 내렸는지를 웅변하고 있었다. '아르떼 콘텐츠' 사단이 단순한 조력자가 아니라 공과 사를 구분하

지 못하고 국가 시스템 위에 군림하는 '상왕'임을 증명하는
완벽한 증거였다.

이진실은 곧바로 대통령실 대변인에게 전화를 걸어 사진
에 대해 질의했다. 대변인은 당황한 기색이 역력했다. 잠시
말을 고르던 그는, 곧이어 이 사태를 최악으로 몰고 갈 답변
을 내놓았다.

"아… 그분은… 영부인께서 오래전부터 알고 지낸 지인
입니다. 공식수행원은 아니고, 자숙 중이신 영부인의 심신
이 아직 불안정하셔서… 개인적인 용무를 돕기 위해 동행
한 것으로 압니다. 오랜 친구가 힘든 친구를 곁에서 돕는 것
이… 그렇게 큰 문제입니까?"

이진실은 속으로 쾌재를 불렀다. '오랜 친구', '개인적인
용무'. 그들은 자신들의 발언이 어떤 의미인지조차 깨닫지
못하고 있었다. 그들은 자신들의 행위가 '비선에 의한 국정
농단'이라는 이름의 범죄가 될 수 있다는 사실을 전혀 인지
하지 못하고 있었다.

그날 밤, 이진실은 키보드 위에 손을 올렸다. 그녀의 손가
락은 분노와 사명감으로 뜨거웠다.

제목은 이미 정해져 있었다.

[단독] 영부인의 '비선 실세', 슬리퍼 차림으로 대통령 현충원 참배 동행… 청와궁의 주인은 누구인가?

기사는 '더 크로니클' 홈페이지에 업로드 되자마자 서버가 마비될 정도의 폭발적인 반응을 일으켰다. 문제의 '슬리퍼 사진'은 모든 온라인 커뮤니티와 SNS를 통해 빛의 속도로 퍼져나갔다.

'주얼리 게이트'가 의혹의 영역이었다면, '허위 이력 스캔들'이 개인의 도덕성 문제였다면, 이번 '비선 실세-슬리퍼 게이트'는 차원이 다른 문제였다. 그것은 에테르 공화국이라는 국가시스템의 근간을 뒤흔드는, 헌법적 가치의 문제였다.

국민들은 경악했고, 분노했다. 그들이 뽑은 것은 대통령 윤산군이지, 영부인 안나나 그녀의 '친구들'이 아니었다.

같은 시각, 돌산의 새로운 대통령 관저.

안나는 자신의 거대한 드레스룸에서, 며칠 뒤에 있을 미국대통령 부인과의 만찬에 입고 나갈 드레스를 고르고 있었다. 그녀의 앞에는 김량영 교수와 유 실장이 공손하게 서서 조언을 하고 있었다.

"사모님, 이쪽 로얄 블루 드레스가 사모님의 지적인 이미지를 가장 잘 살려줄 것 같습니다."

"아닙니다, 교수님. 이번엔 이쪽 코랄 핑크 드레스로 파격적인 이미지를 연출하는 게 어떨까요? 제가 사진으로 담으면 분명 역대급 '인생샷'이 나올 겁니다."

그들의 휴대폰이 미친 듯이 울리고 있었지만 그 누구도 신경 쓰지 않았다. 바깥세상이 어떻게 뒤집히고 있는지, 그들은 전혀 관심이 없었다. 그들은 지금, 자신들만의 완벽한 왕국 안에서, 가장 중요한 다음 '작품'을 구상하고 있을 뿐이었다.

하지만 그들이 미처 깨닫지 못한 것이 있었다. 그들의 화려한 왕국에, 아주 작은 균열이 가기 시작했다는 것을. 그리고 그 균열은, 이진실이라는 집요한 망치질에 의해 곧 걷잡을 수 없이 커져, 그들이 쌓아 올린 모든 것을 집어삼킬 거대한 구멍이 될 것이라는 사실을.

네 번째 막이, 파국의 서곡과 함께 오르고 있었다.

고속도로는 뮤즈의 땅으로

'슬리퍼 게이트'의 후폭풍은 생각보다 거셌다.

이진실 기자의 폭로 기사는 에테르 공화국을 뒤흔든 지진과도 같았다.

국민들은 단순한 가십이나 개인의 도덕적 해이를 넘어, 국가 시스템의 근간이 흔들리고 있다는 명백한 증거 앞에 경악했다. '오랜 친구'가 '슬리퍼'를 신고 국가 최고 의전행사에 동행했다는 사실은, 현재 대통령실의 공사公私 구분이 얼마나 처참하게 무너졌는지를 보여주는 상징적인 희극이자 비극이었다.

대통령 윤산군의 지지율은 곤두박질쳤다. 그가 취임사에서 외쳤던 '정의'와 '공정'이라는 단어는 이제 조롱의 대상이 되었다. "진짜 대통령은 안나", "아르떼 공화국", "무당과 무용과 교수가 통치하는 나라"라는 비아냥이 인터넷을 뒤덮었다.

여론의 뭇매를 맞은 대통령실은 김랑영 교수와 유 실장을 비롯한 '아르떼 콘텐츠' 사단의 출입을 잠정적으로 금지하는 꼬리자르기 식 조치를 취했지만, 이미 엎질러진 물이었다. 아무도 그 조치를 믿지 않았다. 모두가 알고 있었다. 그들은 보이지 않는 곳에서 여전히, 그리고 더욱 은밀하게 움직일 것이라는 사실을.

윤산군은 취임 후 최악의 위기에 봉착했다. 그는 매일 밤 관저에서 굳은 얼굴로 소맥 잔을 기울었다. 자신을 향한 비난은 견딜 수 있었지만, 아내를 향한 조롱과 멸시는 그의 이성을 마비시켰다. 그는 이 모든 것이 아내를 흔들어 자신을 무너뜨리려는 비열한 정치 공세라고 굳게 믿었다. 그의 눈에는 이진실 기자가 더 이상 언론인으로 보이지 않았다. 그녀는 국가의 안정을 해치고 국론을 분열시키는 '내부의 적'

이었다.

"두고 보시오. 저 여자는 반드시 대가를 치르게 될 것이오. 감히 신성한 국가원수와 그 가족을 능멸한 죄를, 법의 이름으로 묻고야 말겠소."

그는 붉게 충혈된 눈으로 서재를 서성이며 분노를 뱉어 냈고, 그의 아내 안나는 그런 그를 조용히 지켜볼 뿐이었다. 그녀는 남편을 위로하거나 변명하지 않았다. 그저 가장 우아하고 연약한 표정으로 그의 곁을 지켰다. 그녀는 알고 있었다. 남편의 분노가 깊어질수록, 자신을 향한 그의 보호본능은 더욱더 강철처럼 단단해질 것이라는 사실을. 위기는 그녀에게 또 다른 기회였다. 남편을 자신만의 기사로 완벽하게 길들일 수 있는.

한편, 이진실 기자는 거대한 후폭풍의 한가운데에 서 있었다. 살해 협박과 인신공격은 일상이 되었고, 세무당국은 느닷없이 '더 크로니클'에 대한 특별 세무조사에 착수했다. 명백한 보복이자 압박이었다.

그녀는 조금도 위축되지 않았다. 오히려 확신했다. 저들이 이토록 비이성적으로 반응하는 것은, 자신이 그들의 가장 아픈 곳을 정확히 찔렀음을 보여주는 증거라고. 그녀는 안나라는 거대한 빙산의 일각만을 드러냈을 뿐이라고 생각했다. 그 수면 아래에는 훨씬 더 거대하고 추악한 본체가 숨겨져 있을 터였다.

그녀는 다시 원점으로 돌아갔다. 안나와 그녀의 가족, 그리고 그들의 재산 관계. 모든 부패의 시작은 결국 돈이었다. 그녀는 몇 달 치 월급에 해당하는 사비를 털어, 불법과 합법의 경계에 있는 정보 브로커들을 고용했다. 안나와 그녀의 어머니 최 여사, 오빠 안승준, 그리고 그들이 소유한 가족회사 'ESI&D'의 이름으로 된 전국의 모든 부동산 등기부등본과 법인 등기 자료를 긁어모으기 시작했다.

자료는 산더미처럼 쌓여갔다. 대부분은 이미 알려진 강남의 고급 빌라나 소규모 상가 건물들이었다. 그러던 어느 날, 한 정보원이 가져온 두툼한 서류 뭉치 속에서 이진실은 이상한 점을 발견했다. 수도 프리즈마리스에서 동쪽으로 한 시간 거리에 있는 한적한 시골 마을, '프리즘강 유역'의 주소를 가진 토지대장이 수십 개나 반복해서 나타나는 것이었다.

그 땅들은 대부분 개발이 제한된 임야나 쓸모없는 맹지들

地였다. 그런데 이상한 것은, 안나의 가족들이 십수 년에 걸쳐 마치 쇼핑을 하듯 그 일대의 땅들을 야금야금 사들였다는 점이었다. 축구장 수십 개를 합친 것보다도 넓은 면적이었다. 그들은 왜, 아무런 가치도 없어 보이는 시골의 땅을 이토록 집요하게 매입했던 것일까. 미래를 내다본 현명한 투자라고 하기에는 너무나도 비효율적이고 비상식적인 매입 형태였다. 이진실은 그 토지대장들을 따로 분류해 놓고, 풀리지 않는 의문을 머릿속에 담아두었다.

그리고 얼마 후, 그 의문의 실마리가 전혀 예상치 못한 곳에서 풀리기 시작했다.

그날은 국토교통부의 정례 브리핑이 있는 날이었다. 대부분은 기존 정책을 반복 설명하는 지루한 자리였기에, 이진실은 후배 기자를 대신 보내고 자신은 사무실에서 산더미 같은 자료와 씨름하고 있었다. 그때, 브리핑에 갔던 후배로부터 다급한 전화가 걸려왔다.

"선배! 이상합니다! 국토부에서 '프리즈마리스-양평 고속도로' 노선변경안을 방금 발표했습니다! 예비타당성조사까지 통과한 기존 안을 백지화하고, 종점을 바꾸겠다고 합니다!"

"뭐라고? 종점을 어디로?"

"원래는 양서면이었는데… 강상면으로 바꾼다고 합니다!"

'강상면.' 그 단어를 듣는 순간, 이진실의 뇌리에 전율이 흘렀다. 책상 위에 흩어져 있던 수십 개의 토지대장 주소가 섬광처럼 머릿속을 스쳐 지나갔다. 그녀는 떨리는 손으로 전화기를 붙잡고 소리쳤다.

"당장 변경된 노선도 파일을 보내! 지금 당장!"

잠시 후, 그녀의 컴퓨터 화면에 국토부가 배포한 고속도로 노선변경안 지도가 나타났다. 기존의 양서면을 향하던 붉은 선은 중간에서 크게 휘어져, 강상면의 한 지점을 새로운 종점으로 표시하고 있었다. 그녀는 곧바로 다른 창에, 안나의 가족들이 소유한 강상리 일대의 토지지적도를 띄웠다.

그리고 두 개의 지도를 겹쳐보는 순간, 그녀는 저도 모르게 짧은 비명을 질렀다.

새로운 고속도로의 종점, 즉 막대한 개발이익이 예상되는 나들목(IC) 예정 부지는, 안나와 그녀의 가족들이 소유한 거대한 땅 한가운데를 정확히 관통하고 있었다.

온몸의 피가 차갑게 식는 것 같았다. 이것은 우연이 아니었다. 이것은… 범죄였다. 국가의 백년대계인 고속도로 건설 계획이, 한 개인과 그 가족의 재산 증식을 위해 뒤틀린 것이다.

'슬리퍼 게이트'는 애들 장난 수준이었다. 이것은 수천억, 어쩌면 조 단위의 이권이 걸린, 아테르공화국 건국 이래 최악의 권력형 부패 스캔들이었다. '주얼리', '허위 이력', '주술 정치', '비선 실세'. 그 모든 논란들을 압도하는, 거대한 괴물의 본체가 마침내 모습을 드러낸 순간이었다.

국토교통부장관 원종배는 윤산군 대통령의 대학 후배이자, 검찰 시절부터 그를 그림자처럼 보좌해 온 충신 중의 충신이었다. 그는 건설이나 교통 분야에 대한 전문성은 전무했지만, 오직 대통령에 대한 충성심 하나로 그 자리에 올랐다. 그는 이번 노선 변경이 무엇을 의미하는지, 그 배후에 누가 있는지 누구보다 잘 알고 있었다. 그것은 그가 장관으로 임명된 첫날, '김량영 교수'를 통해 전달받은 '사모님의 첫 번째 하명'이었기 때문이다.

그는 이진실 기자의 인터뷰 요청을 받고 극도로 긴장했다. 그는 이미 그녀가 어떤 칼을 들고 자신을 찾아올지 예상하고 있었다. 그는 밤을 새워 예상질문에 대한 답변을 준비했다. 답변의 핵심은 '전문가들의 의견에 따른 합리적인 변경'이라는 것이었다.

　다음 날, 국토부장관실에서 마주 앉은 이진실의 눈빛은 칼끝처럼 날카로웠다. 그녀는 서론 없이 곧바로 핵심을 찔렀다.

　"장관님, 2년 전 예비타당성조사까지 통과하며 최적의 노선으로 평가받았던 기존 양서면 종점 안을, 갑자기 백지화하고 강상면으로 변경한 이유가 무엇입니까?"

　원종배는 준비한 대로 능숙하게 답변했다.

　"네, 그 부분에 대해 일부 오해가 있으신 것 같습니다. 기존 안은 환경 훼손의 우려가 크고, 주민들의 반대 민원도 많았습니다. 저희는 전문가들의 재검토를 통해, 환경을 보존하면서도 주민들의 편의를 극대화할 수 있는 더 좋은 대안, 즉 강상면 노선을 찾게 된 것입니다. 이것은 비정상의 정상화 과정이라고 이해해 주시면 되겠습니다."

　"전문가들의 재검토라고 하셨습니다. 그렇다면 그 재검토 보고서를 공개해 주실 수 있습니까? 어떤 전문가들이, 어떤 근거로 그런 결론을 내렸는지 국민들이 알아야 하지 않겠습니까?"

"그것은… 아직 최종 확정된 안이 아니기 때문에, 지금 단계에서 보고서를 공개하는 것은 불필요한 사회적 혼란을 야기할 수 있습니다. 정책적 판단을 믿고 기다려 주시면 감사하겠습니다."

원종배는 식은땀을 흘리며 방어했다. 물론 그런 보고서는 존재하지 않았다. 모든 것은 '사모님의 뜻'이라는 단 한 줄의 지시에서 시작되었고, 실무자들은 그 뜻에 맞춰 서류를 조작했을 뿐이었다.

이진실은 그의 얼굴을 똑바로 보며, 마지막 결정타를 날렸다.

"장관님. 새로 변경된 강상면 종점 부지 반경 5km 이내에, 현직 대통령의 부인과 그 가족들이 축구장 50개 면적에 달하는 토지를 소유하고 있다는 사실을 알고 계셨습니까?"

그 순간, 원종배의 얼굴이 하얗게 질렸다. 그는 마치 유체이탈이라도 한 사람처럼 잠시 멍하니 이진실을 바라보았다. 그는 그녀가 이런 사실까지 알고 있을 줄은 꿈에도 몰랐다. 그의 동공이 불안하게 흔들리기 시작했다.

"그… 그것은… 전혀… 금시초문입니다. 저는 전혀 알지 못했던 사실입니다. 만약 그것이 사실이라 할지라도, 이번 노선 변경과는 아무런 관련이 없는, 그저 우연의 일치일 뿐입니다."

그의 목소리는 심하게 떨리고 있었다. '우연의 일치'라는 단어는, 오히려 자신이 범죄에 연루되었음을 자백하는 것처럼 들렸다.

이진실은 더 이상 질문할 필요가 없었다. 그녀는 원종배의 흔들리는 눈빛에서 모든 진실을 읽었다. 그녀는 자리에서 일어나며 차갑게 말했다.

"우연이 참으로 기가 막히는군요, 장관님. 그 우연 덕분에, 쓸모없던 땅들이 하룻밤 사이에 황금알을 낳는 거위로 변하게 생겼으니 말입니다. 국민들의 혈세로 말이죠."

그날 저녁 고속도로 종점 변경 기사가 '더 크로니클'의 헤드라인을 장식했다.

[단독] 고속도로의 종점은 왜 영부인의 땅으로 향했나? - '안나 로드 게이트' 의혹 전격 해부

파장은 상상을 초월했다. '슬리퍼 게이트' 때와는 비교도 할 수 없는 분노가 에테르공화국 전역을 뒤덮었다. 이것은 공과 사의 구분 문제나 국정기강의 해이 문제를 넘어선, 국가 권력을 사유화하여 개인의 재산을 불리려 한 명백한 '부패 범죄'의 증거였기 때문이었다. 사람들은 자신들이 낸 세금이 대통령 가족의 땅값을 올려주기 위해 멋대로 사용될 수 있다는 사실에 치를 떨었다.

'안나 로드'라는 이름은 즉각 모든 포털 사이트의 실시간 검색어 1위를 차지했다. 야당은 즉각 진상조사위원회를 꾸리고 국정조사와 특별검사 도입을 요구하며 총공세에 나섰다. 윤산군 대통령의 지지율은 마침내 20% 선마저 무너져 내렸다. 레임덕을 넘어, '탄핵'이라는 단어가 공공연하게 거론되기 시작했다.

그날 밤, 새롭게 꾸며진 돌산 대통령 관저는 얼음장처럼 차가운 침묵에 휩싸여 있었다.

윤산군은 자신의 서재에서 계란말이를 안주로 소맥을 홀짝이며 이진실 기자가 쓴 기사와 그 아래에 달린 수만 개의 악플들을 읽고 있었다. 그의 얼굴은 분노로 일그러져 있었다. 그는 이 모든 것이 자신을 무너뜨리기 위해 치밀하게 계획된 거대한 음모라고 생각했다. 이진실과 야당, 그리고 부패한 기득권 세력이 한통속이 되어 자신의 가족을 제물로 삼고 있다고 믿었다.

"이… 악마 같은 년… 감히!"

그는 주먹으로 책상을 내리쳤다. 그때, 안나가 조용히 서재로 들어왔다. 그녀의 손에는 따뜻한 캐모마일 차가 들려 있었고, 얼굴에는 평소와 다름없는 온화하고 차분한 미소가 걸려 있었다.

"여보, 너무 속상해 하지 말아요. 진실은 언젠가 밝혀지는 법이에요."

"진실? 저들이 만들어낸 거짓이 온 세상을 뒤덮었는데, 이제 와서 무슨 놈의 진실! 저들은 당신을 파렴치한 투기꾼으로 만들고, 나를 그런 아내의 뒤를 봐주는 부패한 대통령으로 만들었소. 이것들을… 이것들을 그냥 내버려 둘 수는 없다구…."

윤산군의 그러쥔 주먹이 부르르 떨렸다.

안나가 곁으로 다가가 부드럽게 그의 어깨를 감쌌다.

"여보, 고개를 드세요. 당신은 에테르 공화국의 대통령이에요. 겨우 이런 시련 앞에서 무너지실 분이 아니잖아요."

그녀의 목소리는 나지막했지만 강한 힘을 담고 있었다.

"생각해 보세요. 그 땅, 우리 아버님께서 돌아가시기 전에, 노후를 보내시겠다며 평생 모은 돈으로 사두신 선산이에요. 우리가 그곳에 고속도로를 내달라고 한 적 있나요? 전문가라는 자들이 자기들끼리 이리저리 선을 그어본 것이, 하필이면 우리 선산 근처를 지나가게 된 것뿐이잖아요. 그런데 저들은, 마치 우리가 국가를 상대로 거대한 사기라도 친 것처럼 몰아가고 있어요. 이건 우리에게 죄를 묻는 게 아니에요. 당신의 정책, 당신의 철학, 당신의 모든 것을 부정하기 위해, 나를 인질로 잡고 있는 거예요."

그녀의 논리는 완벽한 책임 전가이자, 피해자 코스프레였다. 그녀는 자신과 가족의 '탐욕'을 '돌아가신 아버지의 소박한 꿈'으로 포장했고, 권력형 비리 의혹을 '대통령을 흔들기 위한 정치 공세'로 둔갑시켰다. 그녀는 다시 한 번, 남편을 자신의 가장 강력한 방패로 내세우고 있었다.

윤산군은 흐릿했던 눈을 들어 아내를 바라보았다. 그녀의 눈빛에는 조금의 흔들림도 없었다. 그 순간, 그는 다시 한 번 결심했다. 무너지지 않겠다고. 이 부당한 공격으로부터 내 아내와 내 정권을, 무슨 수를 쓰든 지켜내겠다고.

다음 날 아침, 윤산군은 국토부장관 원종배를 포함한 핵심 참모들을 긴급 소집했다. 그리고 누구도 예상치 못한 지시를 내렸다.

"원 장관. 오늘 오후에 긴급 기자회견을 여시오."

"네, 각하. 어떤 내용으로…."

"이렇게 말하시오. '야당과 일부 불순세력의 거짓 선동으로, 국가의 백년대계인 고속도로 사업이 정쟁의 대상으로 전락했다. 이로 인해 더 이상의 국력 낭비와 사회적 갈등을 막기 위해, 정부는… 고속도로 건설 사업 자체를 전면 백지화한다!'라고 말이오."

회의실에 있던 모든 참모들의 입이 떡 벌어졌다. 그것은 상상조차 해본 적 없는, 초강수이자 자폭에 가까운 카드였다. 수 조 원의 예산과 수 년간의 노력이 투입된 국가적인 프로젝트를, 의혹 하나 때문에 그냥 없애버리겠다는 것이었다.

한 참모가 용기를 내어 말했다.

"각하, 그러시면… 저희가 의혹을 인정하는 꼴이 되지 않겠습니까? 국민들의 반발이…."

"시끄럽소!"

윤산군이 버럭 소리를 질렀다.

"인정하는 게 아니야! 저들의 무책임한 정치 공세 때문에, 선량한 해당지역 주민들은 물론이고 온 국민이 피해를 보게 되었다는 것을 보여주는 거요! 프레임을 바꾸는 거란 말이오! 의혹의 진실 공방이 아니라 '누가 이 중요한 국책사업을 무산시켰는가'의 문제로! 당장 가서 준비하시오!"

그것은 이성적인 판단이 아니었다. 궁지에 몰린 야수가 내지르는 광기 어린 포효와도 같았다.

그날 오후, 국토부장관 원종배는 비장한 표정으로 기자회견장 단상에 섰다. 그는 거의 울먹이는 목소리로, 대통령이 지시한 그대로를 읊었다. 수 조 원짜리 국책사업이, 단 몇 분만에 공중으로 사라지는 순간이었다. 기자회견장은 아수라장이 되었다. 야당은 "도둑이 제 발 저려 도망가는 격"이라며 더욱 맹공을 퍼부었고, 여당은 "거짓 선동으로 국책사업을 좌초시킨 야당은 국민 앞에 사죄하라"며 역공을 펼쳤다.

나라는 한 치 앞을 내다볼 수 없는 혼돈 속으로 빠져들었다. 고속도로는 사라졌지만, 의혹은 사라지지 않았다. 오히려 '안나 로드 게이트'는 이제 전 국민의 뇌리에 지워지지 않는 주홍글씨처럼 새겨졌다.

같은 시각, 돌산의 대통령 관저.

안나는 자신의 개인 정원에서, 프랑스에서 직수입한 희귀한 장미 품종을 손질하고 있었다. 그녀의 귀에는 작은 무선 이어폰이 꽂혀 있었고, 그 이어폰을 통해 원종배 장관의 비장한 기자회견 내용이 흘러나오고 있었다.

국책사업이 백지화되었다는 충격적인 발표에도, 그녀의 표정에는 아무런 변화가 없었다. 그녀는 오히려 가장 아름답게 피어난 장미 한 송이를 골라, 우아하게 그 향기를 맡았다.

그녀는 조금도 아쉬울 것이 없었다. 고속도로가 지금 당장 생기지 않아도 괜찮았다. 이미 그 땅의 가치는 오를 대로 올랐고, '대통령 가족의 땅'이라는 사실만으로도 미래의 투자가치는 보장된 것이나 다름없었다. 사업은 언제든, 정권이 안정된 후에 '국민적 요구에 의해' 재추진하면 그만이었다.

중요한 것은, 이번에도 자신이 살아남았다는 사실이다. 그녀는 수 조 원짜리 고속도로 하나를 제물로 바쳐, 자신을 향해 조여 오던 특검과 국정조사의 칼날을 피하는 데 성공했다. 남편은 자신을 지키기 위해 국가를 상대로 도박을 벌이는, 완벽한 '호위무사'가 되었다.

그녀는 손에 들고 있던 장미를 내려다보며 나지막이 속삭였다.

"참 시끄럽네. 겨우 길 하나 가지고."

그녀의 눈에 혼란에 빠진 나라의 모습 따위는 보이지 않았다. 오직 자신의 욕망과 그 욕망을 실현하기 위한 다음 단계만이 보일 뿐이었다.

다섯 번째 막은, 국가의 미래를 제물로 바친 한 여인의 소름 끼치는 평온함 속에서, 그렇게 내려오고 있었다.

여왕님의 해외 쇼핑

'안나 로드 게이트'의 핵폭풍이 휩쓸고 간 에테르 공화국
의 정치 지형은 처참했다. 윤산군 대통령이 '고속도로 백지
화'라는 초유의 자폭 카드를 던진 것은, 급한 불을 끄는 데
는 성공했을지 몰라도, 그의 리더십과 국정운영 능력 전반
에 치명적인 내상을 입혔다. 국정지지율은 역대 최저치를
경신하며 바닥이 어딘지 모를 정도로 추락했다. '정의로운
검사'의 이미지는 온데간데없고, 아내의 비리 의혹을 덮기
위해 수 조 원짜리 국책사업을 내팽개친 '불통의 독재자',
'아내 바보'라는 오명만이 남았다.

대통령실의 분위기는 시베리아 벌판처럼 황량했다. 복도를 오가는 참모들의 얼굴에서는 웃음기가 사라진 지 오래였다. 그들은 살얼음판을 걷듯 서로의 눈치만 살폈고, 언제 터질지 모르는 대통령의 분노 앞에서 숨죽였다. 윤산군은 완전히 다른 사람이 되어 있었다. 그는 더 이상 참모들의 보고를 신뢰하지 않았고, 언론을 향해서는 노골적인 적개심을 드러냈다. 그의 세계는 '자신과 아내를 지지하는 충신'과 '그들을 음해하려는 사악한 적들'이라는 이분법으로 완벽하게 재편되었다.

그 편집증적인 불신의 중심에는, 물론 이진실 기자가 있었다. 윤산군은 거의 매일 아침 회의에서 '더 크로니클'과 이진실의 이름을 저주처럼 읊조렸다.

"그 악마 같은 여자가 쓴 기사 쪼가리 하나에 온 나라가 놀아나고 있소! 이것은 언론의 자유가 아니라 국가 반역 행위야! 사정기관은 대체 뭘 하고 있는 게야! 당장 저 신문사, 먼지 한 톨까지 털어서 싹 다 망하게 만들어 버리시오!"

그의 광기 어린 지시에 검찰과 국세청, 공정거래위원회 등 모든 권력기관이 '더 크로니클'을 향해 일제히 칼날을 겨누었다. 하지만 이진실과 '더 크로니클'은 물러서지 않았다.

오히려 그들은 "살아 있는 권력의 부당한 언론 탄압에 굴하지 않겠다"며 국민적 저항운동을 호소했고, 많은 시민들이 그들의 편에 섰다. 윤산군의 탄압은 오히려 이진실을 '권력에 맞서는 투사'로 만들어주는 꼴이 되었다.

이처럼 국내 정치가 한 치 앞을 내다볼 수 없는 안갯속으로 빠져들고 있을 때, 한 가닥 돌파구가 찾아왔다. 바로 세계 10대 강국이 참여하는 G10 정상회의가 유럽의 유서 깊은 도시, 비노폴리스Vinopolis에서 개최된다는 소식이었다.

참모들은 이것이 절호의 기회라고 생각했다. 지긋지긋한 국내 정치의 진흙탕에서 벗어나, 세계무대의 주인공으로 스포트라이트를 받으며 실추된 대통령의 이미지를 일신할 수 있는 기회. 성공적인 외교성과를 가지고 귀국한다면, 반전의 모멘텀을 만들 수도 있을 터였다.

"각하, 이번 G10 정상회의는 매우 중요합니다. 특히 미국, 일본과의 연쇄 정상회담을 통해 굳건한 동맹관계를 과시하고, 대규모 투자 유치를 이끌어낸다면 국내의 부정적인 여론을 단숨에 뒤집을 수 있습니다."

외교안보수석이 비장한 표정으로 보고했다. 하지만 윤산군의 생각은 조금 다른 곳에 있었다.

"물론 그것도 중요하지. 하지만 더 중요한 게 있소."

그는 서류에서 눈을 떼고, 창밖을 바라보며 말했다. 그의 목소리에는 쓸쓸함과 결의가 뒤섞여 있었다.

"국내의 저질 언론들이 내 아내를 어떤 사람으로 만들었는지, 당신들도 잘 알 거요. 나는 이번 기회에, 전 세계에 보여주고 싶소. 내 아내가 얼마나 지적이고, 품위 있으며, 국격에 걸맞은 영부인인지를 말이오. 백 마디 변명보다, 세계 정상들 옆에 당당하게 서 있는 아내의 모습 하나가 더 강력한 메시지가 될 것이오."

참모들은 순간 할 말을 잃었다. 대통령의 관심사는 국가의 외교적 실익이나 경제적 성과가 아니었다. 그의 머릿속은 오직 '아내의 명예 회복'이라는 단 하나의 목표로 가득차 있었다. 이번 순방은 국가를 위한 외교 무대가 아니라 아내를 위한 거대한 홍보 무대였던 것이다.

특히, 이번 G10 정상회의 주최 측은 각국 정상 배우자들을 위한 공동 프로그램으로, 비노폴리스 외곽에 위치한 '시리아난민 아동보호센터' 방문을 기획했다. 전쟁의 참상을 피해 온 아이들을 위로하고, 국제사회의 인도주의적 연대를 과시하는, 그야말로 영부인들의 이미지를 극대화할 수 있는 완벽한 무대였다.

　윤산군은 안나가 그곳에서, 세계 유수의 영부인들 사이에서 가장 자애롭고 따뜻한 모습으로 빛나기를 기대했다. 그것이야말로 '안나 로드 게이트'의 탐욕스러운 투기꾼 이미지를 씻어낼 최고의 장면이 될 터였다.

　순방 당일, 프리즈마리스 국제공항의 분위기는 싸늘했다. 과거 같았으면 환송인파와 지지자들의 함성으로 가득했을 공항 귀빈실 앞은, 몇몇 시민단체 회원들이 "국민 혈세로 해외여행, 당장 중단하라!"는 피켓을 들고 침묵시위를 벌이고 있을 뿐이었다. 대통령 전용기 '코드 원'에 오르는 윤산군과 안나의 표정은 굳어 있었다. 윤산군은 자신을 향해 소리치는 기자들을 애써 외면했고, 안나는 커다란 선글라스로 얼굴의 절반을 가린 채였다.

　12시간의 비행 동안, 윤산군은 핵심 참모들과 소맥 잔을 기울이며, 3류도 못되는 언론 주제에 정권을 물어뜯는 '더 크로니클'과 반정부 성향의 기자들 그리고 그런 언론과 짬짜미가 돼 정부를 공격하는 야당의 행태를 비난하고 있었고, 그의 옆자리에 앉은 안나는 수행원이 건넨 비노폴리스의 최신 패션 잡지 '보그 비노폴리스'를 넘기며, 간간이 마음에 드는 페이지의 귀퉁이를 접고 있었다. 그녀의 관심사는 다자외교나 경제 협력이 아닌, 비노폴리스의 가장 뜨거운 쇼핑 스팟과 이번 시즌 신상 명품 리스트에 있었다.

비노폴리스 국제공항에 '코드 원'이 착륙하자, 화려한 환영행사가 그들을 맞았다. 붉은 카펫이 깔렸고, 의장대가 도열했으며, 주최국 외교장관이 직접 나와 그들을 영접했다. 안나는 비행기에서 내리기 직전, 완벽하게 화장을 고치고 준비해온 의상으로 갈아입었다.

그녀가 트랩을 내려서는 순간, 현장에 있던 모든 외신 카메라의 플래시가 일제히 그녀에게로 향했다. 그녀는 마치 이 순간을 기다렸다는 듯, 가장 우아하고 기품 있는 미소를 지어 보였다. 윤산군은 그런 아내의 모습을 보며 흐뭇한 미소를 감추지 못했다. '그래, 바로 이거야. 세상이 봐야 할 내 아내의 진짜 모습은 바로 이런 거라고.'

하지만 그 평화로운 그림은, 정확히 24시간 후에 산산조각이 나게 된다. 문제의 '정상 배우자 프로그램'이 예정된 날 아침이었다. 외교부 의전팀과 경호처는 분주하게 움직였다. 잠시 후면 안나를 태운 공식 차량이 다른 정상 배우자들과 함께 난민아동보호센터로 출발해야 했다. 그런데 출발 시각이 임박했음에도, 안나는 숙소인 호텔 스위트룸에서 내려올 기미를 보이지 않았다. 의전비서관이 조심스럽게 스위트룸으로 전화를 걸자, 전화를 받은 것은 안나가 아닌, 어느새인가 순방단에 '비공식 자문' 자격으로 합류해 있는 김량영 교수였다. 그녀의 목소리는 차갑고 단호했다.

"사모님께서… 갑자기 몸이 안 좋으십니다. 어젯밤부터 미열과 두통이 있으셔서, 오늘 공식일정은 참여하시기 어려울 것 같습니다. 주최 측에 정중하게 양해를 구해 주십시오."

"네? 몸이… 안 좋으시다고요? 하지만 이건 G10 전체의 공동 프로그램이라서, 불참하시게 되면 외교적으로 큰 결례가…."

"그래서요?"

김 교수의 목소리가 한 톤 높아졌다.

"사람이 아프다는데, 외교적 결례가 대수입니까? 비서관님은 사모님께서 아파서 쓰러지는 모습을 봐야 속이 시원하시겠어요? 아니면, 아픈 몸을 이끌고 난민촌에 가서 병균이라도 옮아오시길 바라는 겁니까? 이건 제 결정이 아니라 사모님의 건강을 최우선으로 생각하라는 대통령 각하의 엄명이십니다. 그냥 시키는 대로 하세요."

전화는 일방적으로 끊겼다. 의전비서관은 망연자실한 표정으로 전화기를 내려놓았다. 대통령의 엄명이라니, 더 이상 항의할 수도 없었다. 그는 떨리는 손으로 주최국 의전실에 전화를 걸어, 에테르 공화국 영부인의 갑작스러운 건강 악화 소식을 전했다. 외교부는 발칵 뒤집혔고, 대통령실은 패닉에 빠졌다. 수십 년 외교 역사상, 이토록 중요한 공동 프로그램에, 그것도 '건강 악화'라는 가장 고전적이고 성의 없는 핑계로 불참을 통보한 사례는 전무후무했다.

그 시각, '아파서 공식 일정도 참여할 수 없다'던 영부인 안나는 자신의 스위트룸에서, 그 어느 때보다도 활기찬 모습으로 외출 준비를 하고 있었다. 그녀의 얼굴에 아픈 기색이라고는 눈곱만큼도 찾아볼 수 없었다. 오히려 중요한 작전을 앞둔 장수처럼, 설렘과 흥분으로 상기되어 있었다.

"오늘 날씨는 어때?"

"전형적인 비노폴리스 가을 날씨입니다, 사모님. 바람도 없고 쾌청해서 쇼핑을 하시기엔 최적의 날씨입니다."

유 실장이 태블릿 PC로 날씨 정보를 확인하며 보고했다.

"좋아. 그럼 이쪽 착장으로 하자."

안나가 손가락으로 가리킨 곳에는, 프랑스 명품 브랜드 '메종 데브뢰Maison Devereux'의 이번 시즌 신상 트렌치코트와 선글라스, 그리고 핸드백이 완벽하게 세팅되어 있었다. 그녀가 오늘 향할 곳은 난민촌의 흙바닥이 아니었다. 그녀의 진짜 목적지는, 오직 전 세계 VVIP들만을 위한 비노폴리스의 가장 호화로운 명품 거리, '비아 아우렐리아'였다.

안나의 갑작스런 일정 변경에 비상이 걸린 건 경호처였다. 공식일정을 취소한 영부인이 갑자기 비공식 외출을, 그것도 테러의 주요 타겟이 될 수 있는 시내 중심가의 명품 거리로 나가겠다는 것은 경호처로서 난감한 일이었다.

안나의 경호를 책임지고 있는 차장이 말렸다.

"사모님, 경호 프로토콜상, 예정에 없는 외부 활동은 삼가했으면 합니다! 만에 하나 사모님의 귀한 몸에….

하지만 그의 만류는, 안나의 고집스런 욕망 앞에서 힘을 잃었다.

"김 차장님."

안나가 선글라스를 끼며 나지막이 말했다.

"내가 지금 전쟁터에 나가겠다는 게 아니잖아. 겨우 옷 몇 벌 사겠다는데, 그것도 못 막아줘서 쩔쩔매는 게 에테르 공화국 경호처의 수준이야? 정 불안하면, 그 거리를 통째로 막든가. 경호처 임무가 뭐야? 나를 안전하게 지키는 거 아니었어?"

그녀의 말은 언제나 지상 명령이었다. 경호차장 김수훈은 결국 백기를 들었다.

잠시 후, 안나와 김량영 교수, 유 실장만을 태운 검은색 방탄 세단 한 대가 다른 수행원이나 취재진은 모두 따돌린 채 비밀리에 호텔 지하주차장을 빠져나갔다. 수십 명의 경호원들은 먼저 비아 아우렐리아로 급파되어, 보이지 않는 인간 방패를 치기 위해 분주하게 움직였다. 국가의 최정예 경호 인력이, 한 개인의 쇼핑을 위해 총동원되는 어처구니 없는 상황이었다.

비아 아우렐리아는 명성 그대로였다. 유서 깊은 건물들 사이로, 이름만 들어도 알 만한 명품 브랜드의 플래그십 스토어들이 보석처럼 박혀 있었다. 거리는 한산했다. 이미 경호팀이 현지 경찰의 협조를 받아, 일대의 교통과 보행자들의 동선을 미묘하게 통제하고 있었기 때문이었다.

안나의 차가 멈춰 선 곳은 '메종 데브뢰' 본점 앞이었다. 스토어의 지배인이 직접 문 앞에서 대기하고 있다가, 그녀가 내리자 90도로 허리를 숙여 맞이했다. 가게의 문은 '오늘 휴무(Closed Today)'라는 팻말과 함께 굳게 닫혔다. 오직 안나 한 사람만을 위한, '황제 쇼핑'이 시작된 것이다.

"마담 안나! 이렇게 직접 저희 매장을 찾아주시다니, 무한한 영광입니다. 이번 시즌 신상품들은 모두 이쪽 VIP 살롱에 준비해 두었습니다."

지배인의 아첨에 가까운 안내를 받으며, 안나는 마치 자신의 드레스룸에 들어온 여왕처럼 여유롭게 옷과 가방들을 둘러보기 시작했다. 그녀는 가격표 따위는 쳐다보지도 않았다. 그저 마음에 드는 것이 있으면 손가락으로 가리키기만 하면 되었다. 그러면 김 교수가 옆에서 일일이 리스트를 작성하고, 유 실장은 그 모습을 화보처럼 촬영했다.

"음, 이 코트 마음에 드네. 그리고 저기 저 스카프랑, 이 가방도. 색깔별로 다 챙겨줘요."

두 시간이 넘는 쇼핑이 끝나고, 그녀가 매장을 나설 때, 그녀의 손뿐만 아니라 뒤따르는 직원들의 손에도 '메종 데브뢰' 로고가 찍힌 쇼핑백들이 가득 들려 있었다.

그 모든 광경을, 약 50미터 떨어진 카페의 2층 창가에서, 한 쌍의 눈이 지켜보고 있었다.

비노폴리스 대학에서 미술사를 전공하는 유학생, 박소희였다. 학비를 벌기 위해 카페에서 아르바이트를 하고 있던 그녀는 창밖 거리가 갑자기 소란스러워지고, 검은 정장을 입은 남자들이 무전기를 들고 분주하게 움직이는 모습을 보고는 이상한 생각이 들었다. 그리고 잠시 후, '메종 데브뢰' 매장 앞에 멈춰서는 검은 세단과, 그 차에서 내리는 한 여인을 보고 자신의 눈을 의심했다. 에테르 공화국의 영부인 안나였다.

소희는 스마트폰으로 뉴스를 검색했다. 모든 언론이 '안나 여사, 갑작스러운 건강 악화로 공식 일정 취소'는 속보를 타전하고 있었다. 그런데 그 '아프다'는 사람이, 지금 자신의 눈앞에서, 온 거리를 전세 낸 듯 명품 쇼핑을 즐기고 있었다.

소희는 순간 온몸의 피가 역류하는 듯한 분노를 느꼈다. 그녀는 에테르를 떠나온 유학생이었지만, 조국에서 벌어지는 일들에 항상 마음을 졸이고 있었다. '안나 로드 게이트'

가 터졌을 때, 그녀는 부모님과 통화하며 얼마나 분노했던가. 그런데 지금, 그 부패의 주인공이 국민들의 혈세로 이곳 유럽까지 와서, 난민 아동들을 만나러 가는 대신, 한가롭게도 자신의 사사로운 욕망을 채우고 있었다.

그녀는 자신도 모르게 스마트폰을 들어 카메라를 켰다. 그리고 줌을 최대한 당겨, '메종 데브뢰' 매장에서 막 걸어 나오는 안나의 모습을 촬영했다. 사진은 조금 흔들렸지만, 누가 봐도 안나라는 것을 알아볼 수 있었다. 그녀의 환한 얼굴, 그리고 그녀와 수행원들의 손에 들린 수많은 쇼핑백들까지 선명하게 담겨 있었다. 완벽한 물증이었다.

소희는 잠시 망설였다. 이 사진을 공개했을 때 자신에게 닥쳐올 후폭풍이 두려웠다. 하지만 그녀는 고개를 저었다. 이것은 자신의 안위를 따질 문제가 아니었다. 이것은 시민으로서의 의무였다. 그녀는 자신의 SNS 계정에, 방금 찍은 사진과 함께 짧은 글을 올렸다.

"비노폴리스 비아 아우렐리아. 아프셔서 난민 아동들을 만나러 가지 못하신다던 우리나라 영부인께서는, 이곳에서 아주 건강한 모습으로 쇼핑을 즐기고 계십니다. 제 세금이 저 쇼핑백 안에 있다는 생각에, 잠이 오지 않을 것 같습니다."

안나의 쇼핑을 폭로하는 포스팅이 올라간 시각은 비노폴리스 시간으로 오후 3시, 에테르 공화국 시간으로는 밤 10시였다. 소희의 글은, 처음에는 작은 파문만을 일으켰을 뿐이었다. 하지만 몇몇 대형 온라인 커뮤니티로 퍼져나가면서, 그 파문은 순식간에 거대한 쓰나미가 되어 에테르의 밤을 집어삼키기 시작했다. '안나', '명품 쇼핑', '데브뢰', '난민촌 뺑소니' 등의 키워드가 실시간 검색어 순위를 뒤덮었고, '더 크로니클'을 비롯한 모든 언론사 편집국은 발칵 뒤집혔다. 기자들은 사실 확인을 위해 대통령실 관계자들의 전화기에 불이 나도록 전화를 걸었다.

비노폴리스의 대통령 전용 스위트호텔은, 그들이 잠든 사이에 벌어진 이 거대한 폭풍을 전혀 감지하지 못하고 있었다.

다음 날 새벽, 대통령실 대변인은 프리즈마리스에서 걸려온 전화를 받고 잠에서 깼다. 수화기 너머로 들려오는 절규에 가까운 보고에, 그는 침대에서 그대로 얼어붙었다. 그는 떨리는 손으로 인터넷에 접속했다가, 자신의 나라가 완전히 뒤집혀 있는 것을 보고는 사색이 되었다.

그는 당장 의전비서관과 경호차장을 깨워 비상회의를 소집했다.

"이게… 이게 다 사실입니까? 정말 사모님께서… 쇼핑을 가신 겁니까?"

경호차장은 고개를 숙인 채 아무 말도 하지 못했다. 그것은 침묵의 긍정이었다.

"미쳤어… 다들 미쳤어! 이제 우린 다 죽었어!"

대변인은 머리를 감싸 쥐고 주저앉았다. 이제 남은 것은 이 재앙을 대통령에게 어떻게 보고하느냐의 문제였다. 제비뽑기라도 하고 싶은 심정이었다. 결국 가장 직급이 높은 비서실장이 총대를 메고, 곤히 잠들어 있는 대통령의 침실 문을 두드렸다.

보고를 받은 윤산군의 첫 반응은 예상대로였다. 불신, 그리고 이내 하늘을 찌를 듯한 분노.

"거짓말! 또 저 이진실 패거리들이 만들어낸 비열한 공작이야! 내 아내가 그럴 리가 없어! 당장 이 사진을 유포한 년을 찾아내! 국가원수 모독죄와 허위사실 유포죄로 당장 잡아들여!"

하지만 비서실장이 보여주는, 에테르의 모든 언론 1면을 장식한 '그 사진'과, '대통령실의 공식 답변이 없어 더 커지는 의혹'이라는 제목들 앞에서, 그의 분노는 점차 방향을 잃고 흔들리기 시작했다. 그는 결국 안나에게 직접 사실을 확인하기로 했다.

윤산군이 옆방 안나의 스위트룸 문을 열었을 때, 그녀는 막 잠에서 깬 듯, 실크 가운을 입고 창가에 서서 아침 햇살을 받고 있었다. 그녀의 방 한쪽 구석에는, 어제 구입한 '메종 데브뢰'의 쇼핑백들이 산처럼 쌓여 있었다. 그것을 본 순간, 윤산군은 남은 이성의 끈이 끊어지는 것을 느꼈다.

"당신… 이게 다 사실이었소? 내가… 내가 G10 정상회의에서 고군분투하고 있을 때, 당신은… 아프다는 핑계를 대고 이런 짓을 하고 돌아다녔단 말이오!"

그의 목소리는 배신감으로 가늘게 떨렸다. 그것은 그가 안나에게 처음으로 터뜨리는 진심 어린 분노였다.

그러나 안나는 조금도 당황하지 않았다. 그녀는 오히려 상처받은 눈빛으로 남편을 돌아보았다. 그녀의 눈에 서서히 눈물이 차오르기 시작했다.

"당신… 어떻게 나한테 그런 말을 할 수가 있어요?"

"뭐라고?"

"나는… 나는 누구 때문에 여기까지 왔는데요! 나는 누구 때문에, '주얼리'니 '사기꾼'이니 하는 온갖 모욕을 들어가면서도 꿋꿋이 버텼는데요! 그래요, 나 쇼핑 갔어요! 숨 막히는 이 호텔 방에서, 당신의 성공만을 기원하며 기도만 하고 있기엔 너무나 외롭고 힘들어서, 잠시 바람이라도 쐬러 나갔던 거예요! 당신이 이 힘든 외교 전쟁에서 승리하고 돌아왔을 때, 최고의 모습으로 당신 곁에 서 있고 싶어서… 그래서… 그래서 옷 한 벌 산 게 그렇게 죽을죄인가요? 당신은 당신의 아내가, 다른 나라 영부인들 앞에서 초라한 모습으로 서 있기를 바랐던 건가요?"

윤산군은 안나의 말에 아무런 반박도 할 수가 없었다.

그녀의 논리는 현실을 완벽하게 왜곡했다. 그녀는 자신의 이기적인 욕망을 '남편을 위한 희생'과 '외로움'으로 포장했고, 수천만 원짜리 명품 쇼핑을 '옷 한 벌'이라는 소박한 표현으로 축소했다. 그녀는 가해자에서 순식간에, 남편의 믿음을 잃은 비련의 여주인공으로 자신의 역할을 바꾸었다.

그리고 그 연극은, 이번에도 어김없이 통했다.

윤산군은 그녀의 눈물 앞에서, 그녀의 희생을 들먹이는 항변 앞에서, 자신의 분노가 순식간에 죄책감으로 변하는 것을 느꼈다. 그녀는 자신 때문에 세상으로부터 비난받고 고통스러워하는 연약하고 순결한 여인일 뿐이었다. 사악한 것은 그녀가 아니라 세상이었다. 그런데 정작 자신은 그런 아내를 이해하지 못하고 비난을 늘어놓았다니….

'내가 또 아내를 외롭게 만들었구나. 이 모든 압박을 혼자 견디게 했구나.'

그의 머릿속은 다시 한 번, 그녀의 논리에 완벽하게 지배당했다.

"미안하오… 내가… 내가 경황이 없어서… 당신 마음도 모르고…."

그는 자신도 모르게 아내를 끌어안고 사과하고 있었다. 안나는 그의 품에 안겨 소리 없이 울었다. 그리고 그의 어깨 너머로, 방 한구석에 쌓인 쇼핑백들을 바라보며, 아무도 눈치채지 못할 사악한 미소를 지었다.

G10 정상회의는 완벽한 재앙으로 끝났다. 윤산군은 '쇼

핑 게이트'의 충격에서 헤어 나오지 못한 채, 모든 정상회담에서 실수를 연발했고, 국제적인 망신만 당한 채 귀국길에 올라야 했다.

프리즈마리스 국제공항에서 그들을 맞이한 것은, 분노한 시민들이 던지는 날달걀과 쇼핑백들이었다. 전용기 트랩을 내려오는 안나는, 그러나 조금도 위축되지 않았다. 그녀는 오히려 보란 듯이, 어깨에 비노폴리스에서 사 온 '메종 데브뢰'의 신상 코트를 걸치고 있었다. 그 모습은, 이 모든 혼란과 분노를 비웃는 듯한, 그녀의 소름 끼치는 승전 선언처럼 보였다.

여섯 번째 막은, 나라의 국격과 국민의 자존심을 쇼핑백과 맞바꾼, 한 여인의 오만과 무소불위의 권력 남용이 일으킨 소용돌이와 함께 그렇게 막을 내렸다.

루이뙁 백은 선물이 아니야, 마음이지

귀국길에 날아든 것은 날달걀이었지만, 돌산 대통령실에 쏟아진 것은 국민들의 저주와 분노가 담긴 거대한 바윗덩어리였다. '여왕님의 해외 쇼핑' 사건은 에테르 공화국의 남은 민낯마저 뭉개고 권력의 오만함과 도덕적 파탄을 적나라하게 드러낸 최악의 스캔들로 기록되었다. 국정지지율 10%대라는, 탄핵 외에는 다른 출구가 보이지 않는 절망적인 수치는 단순한 숫자가 아니었다. 그것은 성난 민심이 대통령 윤산군의 목을 향해 겨눈 차가운 칼날이었다.

프리즈마리스의 도심 광장은 연일 촛불을 든 시민들로 가득 찼다. 그들의 손에 들린 피켓에는 더 이상 정책에 대한 비판이 담겨 있지 않았다.

"이게 나라냐! 안나를 구속하고 윤산군은 퇴진하라!"

"국민 혈세로 명품 쇼핑, 여기가 너희 왕국이냐!"

"우리가 뽑은 건 대통령이지 여왕이 아니다!"

구호는 날이 갈수록 원색적이고 거칠어졌다. 촛불은 분노의 불길이 되어 돌산의 대통령실을 향해 타오르고 있었다.

윤산군 대통령은 완전히 고립되었다. 그는 더 이상 그 누구의 조언도 듣지 않았다. 매일 아침 열리는 수석비서관 회의는 그의 일방적인 분노 배설의 장으로 변질되었다.

"광장의 저자들을 보시오! 저들은 더 이상 국민이 아니오! 저들은 이 나라를 전복시키려는 불순한 반역 세력이란 말이야! 야당과 결탁하고, 저 악마 같은 이진실의 선동에 놀아나는 개, 돼지들일 뿐이야! 검찰과 경찰은 대체 뭘 하고 있나! 당장 저 불법시위의 주동자들을 모조리 색출해서 잡아넣으시오! 국가보안법 위반으로 다스려! 아니면 계엄이라도 해서 이 상황을 바로잡을 테니 말이야!"

그의 눈은 핏발이 서 있었고, 이미 이성의 끈이 끊긴 듯했다. 평생을 검사로서 법과 원칙에 따라 살아왔다는 대통령의 입에서, 헌법이 보장하는 집회와 시위의 자유를 정면으로 부정하고, 불법 계엄까지 거론하는 독재자의 언어가 쏟아져 나왔다. 참모들은 공포에 질려 고개를 숙일 뿐 누구 하나 감히 그의 광기를 제지하지 못했다. 그들은 알았다. 지금 대통령에게 직언을 하는 것은, 성난 사자의 입에 머리를 집어넣는 것과 같은 자살행위라는 것을.

이 모든 혼돈의 한가운데서, 영부인 안나는 기이할 정도로 평온했다. 그녀는 관저 밖으로 한 발짝도 나가지 않았다. 하지만 그녀의 영향력은 보이지 않는 거미줄처럼 대통령실 전체를 더욱 강력하게 옭아매고 있었다. 남편이 외부의 적들과 싸우는 동안, 그녀는 내부의 통제를 완벽하게 장악해가고 있었다. 그녀는 남편의 고립과 분노를 자양분 삼아, 자신의 권력을 더욱 공고히 했다. 윤산군은 이제 국정의 모든 사안을, 심지어는 장관의 임명 문제까지도 아내와 상의했다. 안나의 허락 없이는 그 어떤 인사도, 정책도 이루어질 수 없었다. 대통령실은 사실상 '안나의 관저'에 흡수된 것이나 다름없었다.

그녀는 가끔씩, 자신을 찾아오는 극소수의 방문객들을 관저의 비밀스러운 '살롱'에서 맞이했다. 그곳은 대통령 집무실 이전 당시, 그녀가 특별히 심혈을 기울여 꾸민 공간이었다. 벽에는 마크 로스코의 진품이 걸려 있었고, 가구는 모두 덴마크 왕실에 납품되는 브랜드의 것들이었다. 그곳에서 그녀는, 자신에게 충성을 맹세한 재계 총수나 언론사 사주, 그리고 '만공 대사'와 같은 비선 실세들과 어울리며 그들만의 견고한 성을 쌓아 올렸다. 바깥세상의 촛불 따위는, 그들에게는 그저 다른 세상의 소음일 뿐이었다.

탐사보도 전문 매체 '더 크로니클'의 편집국은 전쟁터였다. 이진실 기자는 '슬리퍼 게이트'와 '쇼핑 게이트'를 연달아 터뜨리며 일약 '국민 영웅'으로 떠올랐지만, 그 영광의 대가는 혹독했다.

그녀의 책상에는 매일같이 협박 편지와 쥐의 사체가 담긴 소포가 배달되었고, 미행과 도청은 일상이 되었다. 권력의 비호 아래, 안나의 팬클럽 '안나 로즈'와 극우단체 회원들은 '더 크로니클' 사옥 앞에서 연일 시위를 벌이며 이진실의 사진을 불태우고 그녀를 '나라를 팔아먹는 매국노'라고 저주했다.

그녀는 지쳐가고 있었다. 육체적으로도, 정신적으로도 한계에 다다르고 있었다. 국민적 분노는 하늘을 찔렀지만, 윤산군 대통령의 권력은 역설적으로 더욱 단단해지는 것처럼 보였다. 그는 지지층을 결집시키고, 반대파를 '반역자'로 규정하며 공안정국을 조성해 나갔다. 이진실은 이 싸움이 생각보다 길고 험난할 것이라는 예감에 가슴이 답답해졌다. 단순한 의혹 제기나 폭로만으로는 부족했다. 저 철옹성 같은 부부를 무너뜨리기 위해서는, 그들의 부패를 변명의 여지없이 증명할 수 있는, 누구도 부인할 수 없는 '스모킹 건'이 필요했다. 하지만 어떻게? 안나는 이제 그 어떤 언론인도, 낯선 사람도 자신의 곁으로 들이지 않았다.

그러던 어느 늦가을 저녁, 그녀에게 한 통의 국제전화가 걸려왔다. 발신지는 미국이었다.

"이진실 기자님이십니까?"

수화기 너머로 들려오는 목소리는 낮고 차분했지만, 깊은 고뇌가 담겨 있었다.

"네, 그런데요. 누구신지요?"

"제 이름은 최재영이라고 합니다. 미국에서 활동하고 있는 목사입니다."

이진실은 의아했다. 미국에 있는 목사가 자신에게 무슨 일로.

"저는⋯ 오랫동안 남북한의 문화교류와 평화운동에 관여해 왔습니다. 그러다 보니 자연스럽게, 예술과 문화에 관심이 많은 분들과 교류할 기회가 있었습니다. 몇 해 전, 안나 여사께서 '아르떼 콘텐츠'를 운영하실 때, 한 전시회 건으로 우연히 인연을 맺게 되었습니다."

최재영 목사의 이야기는 계속되었다. 그는 안나가 영부인이 된 이후에도, 그녀의 요청으로 몇 차례 연락을 주고받았다고 했다. 안나는 그에게 '국격을 높이는 문화외교'에 대한 조언을 구했고, 최 목사는 순수한 마음으로 그녀에게 자신이 가진 지식과 네트워크를 나누어 주었다. 그는 안나가 정말로 예술을 사랑하고, 국가를 위해 좋은 일을 하고 싶어 하는 사람이라고 믿었다.

"하지만⋯ 아니었습니다."

최 목사의 목소리가 낮게 가라앉았다.

"제가 직접 셔츠와 책 몇 권을 선물로 들고 그녀의 '살롱'이라는 곳을 방문한 적이 있습니다. 그때, 저는 제 눈으로 똑똑히 보았습니다. 그녀가 누군가와 통화를 하며, 어떤 기업의 이름을 들먹이고, 금융위원 자리를 운운하는 것을요. 그것은… 제가 상상했던 '문화 융성'과는 거리가 먼, 추악한 '인사 청탁'의 현장이었습니다."

이진실은 숨을 죽이고 그의 말에 귀를 기울였다.

"그날 이후, 저는 깊은 고민에 빠졌습니다. 제가 가진 신념과, 제가 목격한 현실 사이에서 괴로웠습니다. 한 나라의 국모라는 사람이, 어떻게 저렇게 속과 겉이 다를 수 있는지, 어떻게 저렇게 국민을 기만할 수 있는지. 저는 목회자로서, 그리고 이 나라를 사랑하는 한 시민으로서, 이 죄악을 더 이상 묵과해서는 안 된다는 결론을 내렸습니다."

그의 목소리에는 비장함이 서려 있었다.

"이 기자님. 저는 곧 다시 에테르에 들어갈 예정입니다. 안나 여사가 저를 한 번 더 만나고 싶어 합니다. 제가… 그녀의 진짜 모습을 세상에 알릴 수 있도록, 저를 좀 도와주시겠습니까? 저는 이 기자님만이, 이 위험한 진실을 감당할 수 있는 유일한 사람이라고 믿습니다."

이진실의 심장이 세차게 뛰기 시작했다. 이것은 하늘이 내려준 기회였다. 적의 가장 깊숙한 심장부로 들어갈 수 있는 '트로이의 목마.' 그녀는 망설이지 않았다.

"목사님. 제가 뭘 어떻게 도와드리면 되겠습니까?"

그날 이후, 이진실과 최재영 목사는 보안 메신저를 통해 비밀리에 접촉하며, 역사상 가장 대담한 '함정 취재'를 기획하기 시작했다.

"그녀는 선물을 좋아합니다. 특히, 자신의 가치를 증명해 주는 비싼 물건들을요. 제가 몇 번 중저가의 책이나 스카프 같은 것을 선물했을 때는 별 반응이 없었습니다. 하지만… 샤넬 화장품 세트 사진을 보냈을 때는 곧바로 '고맙다'는 답장이 오더군요."

최 목사의 정보는 결정적이었다. 안나의 약점은 바로 '허영심'과 '탐욕'이었다. 이진실은 그녀의 그 약점을 정확히 파고들기로 했다.

"목사님, 이번에 그녀를 만나러 가실 때, 아주 특별한 선물을 하나 준비해 가셔야겠습니다."

"특별한 선물이라니요?"

"그녀가 절대 거부할 수 없는, 그러면서도 그녀의 부패를 상징적으로 보여줄 수 있는 물건이어야 합니다. 그리고 그 모든 과정을… 영상으로 담아와야 합니다."

이진실의 머릿속에 계획이 그려지고 있었다. 며칠 후, 그녀는 회사의 법인카드가 아닌, 자신의 개인 신용카드를 들고 프리즈마리스의 한 백화점으로 향했다. 그녀는 곧장 '크리스챤 루이뚱' 매장으로 들어가, 300만 원짜리 '레이디 루이뚱' 미니 백을 일시불로 구매했다. 푸른색의 우아한 가방이었다. 그녀는 가방을 사는 내내, 자신의 손이 미세하게 떨리는 걸 느꼈다. 이 작은 가방 하나가, 한 나라의 운명을 바꿀 수도 있다는 생각에 현기증이 났다.

그녀는 또한, 최첨단 스파이 장비 판매상을 수소문해, 손목시계 형태의 초소형 고화질 카메라를 구했다. 화질과 녹음 성능을 수십 번 테스트하며 완벽을 기했다.

며칠 뒤, 에테르로 입국한 최재영 목사가 밤늦게 '더 크로니클' 사옥 근처의 한적한 카페에서 이진실을 만났다. 이진실은 그에게 루이뚱 백과 시계형 카메라를 건넸다.

"목사님, 이것이 우리의 무기입니다. 부디… 조심하셔야 합니다. 만약 발각된다면, 목사님은 물론 저희 모두가 위험해집니다."

최재영 목사는 묵묵히 고개를 끄덕였다. 그의 얼굴에는 두려움보다, 거사를 앞둔 자의 결연한 의지가 서려 있었다.

약속된 날, 최재영 목사는 손목에 스파이 카메라 시계를 차고, 푸른색 루이똥 쇼핑백을 든 채 돌산의 대통령 관저로 향했다. 삼엄한 경비를 통과한 그는, '아르떼 콘텐츠' 출신의 한 비서에 의해 안나의 비밀 살롱으로 안내되었다.

살롱 안은 여전히 비현실적인 고요함과 화려함으로 가득했다. 안나는 우아한 실내복 차림으로 소파에 앉아 최 목사를 맞았다. 그녀의 얼굴에는 나라를 뒤덮은 위기감 따위는 찾아볼 수 없었다. 그녀는 오히려 세상에서 가장 억울한 피해자인 양, 하소연을 늘어놓기 시작했다.

"목사님, 제가 뭘 그렇게 잘못했나요? 저는 그저 이 나라의 국격을 높이고 싶었고, 제 남편을 최고의 대통령으로 만들고 싶었을 뿐이에요. 그런데 세상은 저를 마녀로 만들지 못해 안달이에요. 너무 억울하고, 너무 외로워요."

최 목사는 애써 평정심을 유지하며 그녀의 말을 들어주었다. 그는 준비한 선물을 그녀 앞의 테이블 위에 올려놓았다.

"사모님의 고뇌를 어찌 제가 다 헤아릴 수 있겠습니까. 부디 기운 내시라는 의미에서, 작은 마음의 선물을 준비했습니다."

안나의 눈이 순간 쇼핑백에 새겨진 'LV' 로고를 향했다.

그녀의 입가에 감출 수 없는 미소가 번졌다. 하지만 그녀는 능숙한 배우처럼, 일단은 사양하는 제스처를 취했다.

"어머, 목사님. 이러시면 안 되는데. 정말 괜찮습니다."

최 목사는 시계 카메라의 렌즈 각도를 미세하게 조정하며, 결정적인 대사를 던졌다.

"지난번에 샤넬 화장품을 너무 좋아하셔서, 이번에는 사모님의 품격에 어울릴 만한 것으로 골라 보았습니다."

그 순간, 안나의 경계심이 완전히 허물어졌다. 그녀는 마치 오랫동안 알고 지낸 편한 사람에게 말하듯, 무심코 진심을 내뱉고 말았다. 그녀의 그 한마디는, 그녀가 쌓아 올린 모든 가식의 탑을 무너뜨리는 망치 소리가 되었다.

"아이고, 이런걸 왜 자꾸 사오세요. 정말…."

그녀는 말끝을 흐리며, 너무나도 자연스럽게 루이뚱 백이 담긴 쇼핑백을 자신의 옆자리로 끌어당겼다. '왜 자꾸 사오느냐'는 말은, 이것이 처음이 아님을 스스로 자백하는 완벽한 증거였다. 그녀는 그것이 뇌물이라는 인식조차 없는 듯했다. 그녀에게 그것은, 자신이 누려야 할 당연한 '조공'이자, 자신의 '가치'를 증명하는 징표일 뿐이었다.

최재영 목사는 그 후로 30분가량 더 그녀와 대화를 나누다, 자연스럽게 자리에서 일어났다. 그의 심장은 터질 듯이 뛰고 있었지만, 얼굴에는 온화한 미소를 잃지 않았다. 그가 살롱을 나와 관저의 정문을 빠져나오는 순간, 그는 자신이 방금 역사의 한 페이지를 기록했다는 사실을 직감했다.

그날 밤, '더 크로니클'의 어두운 영상 편집실.

이진실은 최재영 목사로부터 건네받은 영상 원본을 모니터로 확인하고 있었다. 시계 카메라의 흔들리는 화면 속에서, 안나가 루이뚱 백을 받아 들며 "왜 자꾸 사오세요."라고 말하는 장면이 재생되는 순간, 그녀는 자신도 모르게 탄성을 질렀다.

"잡았다!"

그녀의 옆에 있던 후배 기자들과 영상팀 직원들 모두가 숨을 죽였다. 이것은 단순한 특종이 아니었다. 이것은 부패한 권력을 향한 사망 선고였다.

영상 분석 결과, 안나가 선물을 받은 장소는 대통령 관저였고, 선물의 가액은 300만 원으로, 현행법상 배우자가 직무와 관련하여 100만 원 이상의 금품을 수수할 경우, 이를 제지하지 않은 공직자 본인(대통령)까지 처벌받게 되는 명백한 '공직자 청렴법' 위반이었다. '대가성'을 입증하기 어려운 뇌물죄와 달리, 이것은 빼도 박도 못하는 실정법 위반의 증거였다.

이진실은 기사를 작성하기 시작했다. 그녀의 손가락은 그 어느 때보다도 빠르고 정확하게 움직였다. 그녀는 이 기사가 단순한 폭로를 넘어, 무너진 에테르 공화국의 정의를 바로 세우는 첫걸음이 되기를 염원했다.

제목은 간결하고도 파괴적이었다.

[단독 영상] 영부인, 300만 원짜리 루이뚱 백 수수 현장 포착….
"이걸 왜 자꾸 사 오세요."

기사와 함께, 1분 분량으로 편집된 영상이 '더 크로니클' 홈페이지와 유튜브 채널에 동시에 업로드될 예정이었다.

업로드 버튼을 누르기 직전, 편집국장이 이진실의 어깨에 손을 얹었다. 그의 얼굴에는 결연함과 함께, 깊은 우려가 서려 있었다.

"이 기자. 이 기사가 나가는 순간, 우리는 돌아올 수 없는 강을 건너는 걸세. 저들이 우리를 가만두지 않을 거야. 정말… 괜찮겠나?"

이진실은 모니터 속, 루이뚱 백을 옆에 둔 채 환하게 웃고 있는 안나의 얼굴을 말없이 응시했다. 그리고는, 아무런 망설임 없이, 마우스의 왼쪽 버튼을 클릭했다.

그 순간, 에테르 공화국의 심장부에서, 거대한 시한폭탄의 초침이 움직이기 시작했다.

일곱 번째 막은, 한 기자의 신념과 한 목사의 용기가 담긴 작은 카메라 렌즈를 통해, 그렇게 막을 올렸다. 이제 남은 것은, 이 진실의 폭탄이 언제, 어디서, 어떻게 터지느냐의 문제뿐이었다.

법치, 아내를 위한 방패가 되다

'루이뚱 백' 영상이 공개된 순간, 에테르 공화국은 얼어붙었다.

이전의 모든 스캔들이 정황과 증언에 기댄 '의혹'의 영역이었다면, 이번에는 달랐다. 흔들리는 손목시계 카메라 화면 속에서, 영부인 안나가 고가의 명품백을 너무나도 태연하게 받아 챙기는 모습은 그 어떤 변명이나 해명도 무력하게 만드는, 날것 그대로의 '현실'이었다. 국민들은 자신들이 선출한 권력의 민낯이 이토록 추하고 천박할 수 있다는 사실에 충격을 넘어 깊은 모멸감을 느꼈다. 그것은 단순한 법

위반의 문제가 아니었다. 국가의 품격과 국민의 자존심이, 300만 원짜리 가죽 가방과 함께 땅에 떨어지는 순간이었다.

온라인은 그야말로 용암처럼 들끓었다. "이걸 왜 자꾸 사오세요."라는 안나의 말은 전 국민적인 조롱거리가 되어 온갖 밈Meme과 쇼츠short를 양산했다. 사람들은 루이뚱 백 이미지를 합성한 촛불을 들고 광장으로 쏟아져 나왔다. 시위의 규모는 이전과 비교할 수 없을 정도로 커졌고, 구호는 더욱 격렬해졌다. 이제 그들의 요구는 '퇴진'을 넘어 '탄핵'과 '구속'으로 명확해졌다.

야당은 이 절호의 기회를 놓치지 않았다. 그들은 즉각 국회에서 기자회견을 열고, '영부인 안나의 주가조작 연루 및 뇌물수수 의혹 진상규명을 위한 특별검사 임명 등에 관한 법률안', 일명 '안나 특검법'을 발의했다. 루이뚱 백 수수 사건뿐만 아니라 그동안 수면 아래에 가라앉아 있던 '도이치 파이낸셜 주가조작 연루 의혹'까지 한데 묶어, 대통령의 영향력에서 자유로운 독립적인 특검을 통해 모든 진실을 파헤치겠다는 것이었다. 여론은 압도적으로 특검 도입에 찬성했다. 각종 여론조사에서 특검 찬성 여론은 70%를 훌쩍 넘어섰다.

대통령실은 완벽한 패닉 상태에 빠졌다. '쇼핑 게이트' 때까지만 해도 어떻게든 억지 해명이라도 내놓으려 애썼던 대변인실은, 이번 영상 공개 이후로는 아예 입을 닫아버렸다. 그 어떤 말도, 영상 속의 명백한 진실을 이길 수 없다는 것을 그들 스스로가 너무나 잘 알고 있었기 때문이었다. 참모들은 서로 얼굴만 쳐다볼 뿐, 누구 하나 뾰족한 대책을 내놓지 못했다. 그들은 마치 침몰하는 배 위에서, 망연자실하게 거대한 파도가 자신들을 덮치기만을 기다리는 선원들과도 같았다.

하지만 그 침몰하는 배의 선장, 윤산군 대통령의 생각은 달랐다. 그는 이 상황을 위기로 인식하지 않았다. 그는 이것을 자신과 아내를 향한 '마녀사냥'의 절정이자, '반역 세력'의 최후의 발악이라고 규정했다. 그의 머릿속에서, 아내는 부패한 영부인이 아니라 정적들이 파놓은 비열한 함정에 빠진 가련한 피해자였다.

그날 밤, 관저에서 열린 긴급 대책 회의에서 그의 광기는 마침내 폭발했다.

"특검이라고? 감히 내 아내를 조사하겠다고? 저것들은 지금 나를 대통령으로 인정하지 않겠다는 것 아니오! 이것은 명백한 탄핵 선동이자, 헌정질서를 파괴하려는 내란 음모야!"

그는 회의 테이블을 주먹으로 내리치며 고함을 질렀다. 비서실장과 법률수석이 떨리는 목소리로 조심스럽게 의견을 내놓았다.

"각하… 하지만 영상 증거가 너무나도 명백하고, 국민적 여론이 너무나도 악화되어 있습니다. 이 상황에서 특검을 무작정 반대하는 것은, 오히려 의혹을 인정하는 것으로 비칠 수 있습니다. 차라리 떳떳하게 특검을 수용하시고, 수사 과정에서 사모님의 결백을 입증하는 것이…."

"닥치시오!"

윤산군이 눈을 부릅뜨고 참모들을 노려보며 쏘아붙였다.

"결백? 이미 저들은 답을 정해놓고 있어! 특검은 수사가 아니라 정치야! 내 아내에게 죄를 뒤집어씌워 나를 식물 대통령으로 만들고, 종국에는 끌어내리려는 저들의 비열한 계략이란 말이오! 내가 평생을 검사로 살았소. 저들의 생리를 누구보다 잘 아는 사람이 바로 나야!"

그는 자리에서 일어나 서재를 서성였다. 그의 눈빛은 마치 먹잇감을 노리는 맹수처럼 번뜩였다.

"절대 안 돼. 내 눈에 흙이 들어가기 전까지는, 그 어떤 특검도 용납할 수 없소. 내 아내의 머리카락 한 올도, 저 더러운 자들의 손에 닿게 할 수는 없어."

그는 결심을 굳혔다. 아무도 그의 결정을 막을 수 없었다. 그는 법의 수호자가 아니라 아내를 지키는 기사가 되기로 결심했다. 설령 그 길이, 자신이 평생을 바쳐 지켜왔다고 믿었던 법치주의를 스스로 파괴하는 길이 될지라도. 군을 동원해서라도….

국회는 연일 전쟁터였다.

'안나 특검법'은 야당의 주도하에 거침없이 질주했다. 법제사법위원회를 통과하고, 본회의에 상정되는 것은 시간문제였다. 여당은 필사적으로 저항했다. 그들은 의장석을 점거하고, 고성을 지르며 의사진행을 방해했다. 하지만 압도적인 의석수를 가진 야당의 힘을 당해낼 수는 없었다.

"이것은 의회 독재다! 날치기 통과를 즉각 중단하라!"

"대통령 부인을 향한 인격 살인, 정치공세를 멈춰라!"

여당 의원들의 격렬한 저항에도 불구하고, 며칠 후 '안나 특검법'은 국회 본회의에서 야당 단독으로 가결, 처리되었다. 이제 공은 돌산의 대통령실로 넘어갔다. 헌법에 따라, 대통령은 국회에서 이송된 법률안에 대해 15일 이내에 공포하거나, 이의가 있을 경우 거부권을 행사해야 했다.

온 국민의 시선이 윤산군 대통령의 입으로 쏠렸다. 과연 그가 '정의의 아이콘'이라는 자신의 과거를 완전히 부정하고, 아내를 위한 방패막이가 되기 위해 헌법이 부여한 대통령의 권한을 사적으로 남용할 것인가.

윤산군은 조금도 망설이지 않았다.

그는 국무회의를 긴급 소집했다. 회의장에 들어선 장관들은 대통령의 싸늘한 표정에 압도되어 숨소리조차 내지 못했다. 윤산군은 서두 없이, 준비된 원고를 읽어 내려갔다. 그의 목소리는 강철처럼 차갑고 단호했다.

"오늘, 본인은 국회에서 이송된 소위 '안나 특검법'에 대해, 헌법 제53조에 규정된 대통령의 권한에 따라 재의를 요구하기로 결정했습니다."

회의장 안에 무거운 침묵이 흘렀다. 몇몇 장관들의 얼굴에 당혹스러운 빛이 스쳤지만, 누구 하나 감히 이의를 제기하지 못했다.

"본 법안은, 야당이 다수 의석을 무기로, 오직 선거에서의 정치적 이득을 위해 추진한 악법 중의 악법입니다. 이는 수사의 공정성과 중립성을 심각하게 훼손하며, 총선을 앞두고 국정을 마비시키려는 명백한 정쟁 유발 법안입니다. 저는 헌법 수호의 책무를 지닌 대통령으로서, 이러한 반헌법적인 악법을 결코 받아들일 수 없습니다."

그의 논리는 기묘하게 뒤틀려 있었다. 그는 아내의 범죄 혐의를 수사하자는 국민적 요구를 '정쟁'으로 규정했고, 진실을 규명하려는 국회의 입법 행위를 '반헌법적'이라고 매도했다. 그는 헌법을 수호하기 위해, 헌법정신을 파괴하고 있었다.

"이에, 본인은 국무위원들께 '안나 특검법'에 대한 재의요구안, 즉 거부권 행사를 의결해 줄 것을 정식으로 요청하는 바입니다."

그의 말이 끝나자마자, 한 치의 토론도 없이 거수 표결이 진행되었다. 모든 장관들이 마치 약속이라도 한 듯, 일제히 손을 들었다. '안나 특검법'에 대한 거부권 행사 안건은, 그렇게 전원 만장일치로 국무회의를 통과했다.

이 소식이 언론을 통해 전해지자, 대한민국은 발칵 뒤집혔다. 이것은 윤산군 정부 출범 이후 10번째 거부권 행사였다. 그는 역대 그 어떤 대통령보다도 압도적으로 많은 거부권을, 오직 자신의 아내와 관련된 의혹을 덮기 위해서, 혹은 자신의 정책에 반대하는 법안을 무력화시키기 위해서 남발하고 있었다.

법치주의의 최후의 보루여야 할 대통령이, 스스로 법치주의의 파괴자가 된 순간이었다.

이진실 기자는 대통령의 거부권 행사 소식을 자신의 사무실에서 TV 속보로 접했다. 그녀는 분노보다 깊은 허탈감과 무력감에 휩싸였다. 그녀는 자신의 펜과 카메라가 세상을 바꿀 수 있다고 믿었다. 진실의 힘이, 그 어떤 거짓과 불의도 이길 수 있다고 믿었다. 하지만 그녀가 마주한 현실은, 법 위에 군림하는 절대 권력의 단단한 벽이었다.

'더 크로니클' 편집국은 초상집 분위기였다. 몇몇 젊은 기자들은 분을 삭이지 못하고 책상을 내리치거나 욕설을 내뱉었다.

"이게 말이 됩니까? 국민의 70%가 찬성하는 법안을, 대통령 혼자서, 그것도 자기 아내를 지키겠다고 거부하는 게?

이게 민주주의 국가 맞습니까?"

"우리가 목숨 걸고 취재해서 진실을 밝혀내면 뭐 합니까. 대통령이 그냥 '싫다' 한마디 하면 끝인데."

모두가 패배감에 젖어 있을 때, 이진실은 조용히 자리에서 일어났다. 그녀의 눈은 다시 차갑게 빛나고 있었다.

"아직 끝난 게 아니야."

그녀의 나지막한 말에, 모두의 시선이 그녀에게로 향했다.

"저들이 법을 무시한다면, 우리는 더 큰 진실을 무기로 들고 싸워야 해. 저들이 귀를 막는다면, 온 세상이 들을 수 있도록 더 크게 소리쳐야 한다고. 윤산군이 거부한 것은 단순히 특검법 하나가 아니야. 그는 대한민국 국민의 명령을 거부한 거야. 이제 이 싸움은, 진실 공방을 넘어선, 헌법 수호의 싸움이 됐어."

그녀는 다시 컴퓨터 앞에 앉았다. 그녀의 손가락이 키보드 위를 날아다니기 시작했다. 그녀는 대통령의 거부권 행사가 얼마나 반헌법적이고 비민주적인 행위인지를 조목조목 비판하는 칼럼을 써 내려갔다. 그녀의 글은 더 이상 냉정한 기사가 아니었다. 그것은 국민들에게 보내는 격문이자,

무너진 민주주의를 향한 절규였다.

그녀의 칼럼이 공개되자, 꺼져가던 촛불은 다시 거대한 횃불이 되어 타올랐다. 광장의 분노는 이제 단순히 영부인에 대한 분노를 넘어 대통령의 오만과 독선에 대한, 그리고 민주주의의 파괴에 대한 근원적인 저항으로 번져나갔다. 시민들은 더 이상 '퇴진'을 외치지 않았다. 그들의 손에 들린 피켓에는, 이제 선명하게 '탄핵'이라는 두 글자만이 새겨져 있었다. 법을 파괴한 대통령은, 이제 법의 심판을 받아야 한다는 국민적 공감대가 형성되기 시작한 것이다.

그날 밤, 대통령 관저의 분위기는 폭풍전야처럼 고요했다.

윤산군은 자신의 서재에서, 창밖 광장을 붉게 물들이고 있는 촛불의 행렬을 말없이 내려다보고 있었다. 그의 얼굴에는 분노나 불안이 아닌, 기묘한 평온함마저 감돌았다. 그는 자신이 옳은 일을 했다고 굳게 믿고 있었다. 그는 불의한 정치 공세로부터 사랑하는 아내를 지켜냈고, 국가의 기강을 흔들려는 반역 세력에 맞서 헌법을 수호했다고 스스로를 정당화했다.

안나가 조용히 그의 뒤로 다가와 백허그를 했다. 그녀의 뺨이 그의 넓은 등에 기대어졌다.

"여보, 고마워요. 나를… 지켜줘서."

그녀의 목소리는 꿀처럼 달콤하고 부드러웠다.

"당연한 일을 한 것뿐이오. 당신은 내 아내니까. 이 세상 그 무엇과도 바꿀 수 없는 내 사람이니까."

윤산군은 몸을 돌려 그녀를 마주보고, 그녀의 얼굴을 부드럽게 감쌌다.

"걱정하지 마시오. 저깟 촛불, 바람 한번 불면 다 꺼지게 되어 있소. 내가 당신의 방패가 되어, 이 모든 비바람을 막아줄 것이오. 당신은 그저, 내 뒤에서 지금처럼 아름답게 웃어주기만 하면 되오."

안나는 그의 말에 감동한 듯, 눈을 감고 그의 품에 더욱 깊이 안겼다. 하지만 그녀가 눈을 감은 그 순간, 그녀의 입가에는 누구도 보지 못하는 차갑고 계산적인 미소가 걸려 있었다.

그녀는 모든 것을 계획했다. '루이뚱 백'이 공개되었을 때, 그녀는 이미 이 모든 상황을 예측하고 있었다. 그녀는 남편의 성격을 누구보다 잘 알고 있었다. 그가 자신을 지키기 위해서라면, 기꺼이 폭군이 될 수 있는 남자라는 것을. 그녀는 특검법을 거부함으로써, 그를 자신과 완벽하게 한 몸으로 묶어버렸다. 이제 그는 '공범'이었다. 그는 결코 그녀를 버릴 수 없었다. 그녀의 몰락은 곧 자신의 몰락이었기 때문이다.

그녀는 남편의 거부권이라는 가장 강력한 무기를 손에 넣었다. 이제 그 어떤 법도, 그 어떤 여론도 그녀를 위협할 수 없었다. 그녀는 법 위에 군림하는, 진정한 의미의 '여왕'이 되었다.

창밖의 촛불은 더욱 거세게 타오르고 있었다. 하지만 관저 안, 두 사람만의 세계는 완벽한 평화와 승리감으로 가득 차 있었다. 그들은 자신들이 탄 배가 이미 거대한 빙산에 부딪혀 서서히 침몰하고 있다는 사실을, 전혀 깨닫지 못하고 있었다.

여덟 번째 막은, 정의의 아이콘이 스스로 정의를 파괴하며 아내의 기사가 된 그 순간, 가장 화려하고 비극적인 파멸을 향해 그렇게 닻을 올리고 있었다.

"총은 폼으로 들고 다녀?"

에테르 공화국의 역사가 단두대 위에 목을 올려놓은 날, 새벽의 공기는 푸른색 칼날처럼 차가웠다. 프리즈마리스 중앙 광장은 밤의 장막 아래 거대한 생명체처럼 숨 쉬고 있었다. 꺼지지 않은 수백만 개의 촛불이 만들어낸 열기는 아스팔트에서 피어오르는 냉기와 뒤섞여 희뿌연 안개를 만들었고, 그 안에서 사람들은 저마다의 방식으로 역사의 아침을 맞이하고 있었다.

밤샘 농성을 이어온 이들의 얼굴에는 지독한 피로가 서려 있었다. 하지만 그 누구의 눈에서도 절망이나 포기는 찾아볼 수 없었다. 오히려 그들의 눈빛은, 용광로의 불꽃처럼 뜨겁고 단단하게 벼려져 있었다. 지난 몇 달간의 분노와 슬픔, 배신감은 이제 하나의 거대한 결의가 되어 광장을 지배하고 있었다. 오늘은 끝을 내야 한다. 이 부조리한 연극의 막을, 우리 손으로 내려야 한다.

한쪽 구석에서는 대학생들이 모닥불처럼 모여 앉아, 밤새 누군가 끓여 온 어묵 국물로 언 몸을 녹이고 있었다. 그들은 서로의 어깨에 기댄 채 쪽잠을 자면서도, 손에서 '탄핵이 민심이다'라고 적힌 피켓을 놓지 않았다. 다른 쪽에서는 아이를 포대기에 업은 젊은 어머니들이, 유모차를 방패 삼아 바람을 막으며 조용히 동이 터오는 하늘을 바라보고 있었다. 그녀들의 눈빛은 이 모든 광경을 어린 자식의 눈에, 그리고 역사의 한 페이지에 똑똑히 새겨주려는 듯 비장했다. 백발이 성성한 퇴직 교사는 낡은 휴대용 라디오로 새벽 뉴스를 들으며 연신 기침을 했고, 회사에서 막 퇴근한 듯한 정장 차림의 직장인들은 넥타이를 풀어 헤친 채 묵묵히 촛불을 갈아 끼웠다.

그들의 침묵은 그 어떤 웅변보다도 강력했다. 광장은 더 이상 단순한 시위 장소가 아니었다. 그곳은 무너진 민주주의를 바로 세우려는 최후의 보루였고, 나라의 주인이 누구인지를 묻는 준엄한 법정이었다.

같은 시각, 광장의 운명이 결정될 국회 의사당은 보이지 않는 전쟁의 소용돌이 한가운데에 있었다. 야당 원내대표 정세현의 사무실은 24시간 잠들지 않는 지휘통제실이었다. 컵라면 용기와 재떨이가 산더미처럼 쌓인 테이블 위에서, 그는 붉게 충혈된 눈으로 마지막 퍼즐 조각을 맞추고 있었다. 탄핵안 가결에 필요한 의석수는 200석. 범야권 의석을 모두 합쳐도 스무 석 남짓이 모자랐다. 결국 여당 내에서 얼마나 많은 양심의 반란표가 나오느냐에 모든 것이 달려 있었다.

"최경환 의원님, 저 정세현입니다. 이 새벽에 죄송합니다."

정세현은 수화기 너머, 여당의 4선 중진 의원이자 합리적 보수주의자로 알려진 최경환의 잠긴 목소리에 마지막 희망을 걸었다.

"… 정 대표. 이 시간에 무슨 일이오."

"의원님, 역사가 우리를 지켜보고 있습니다. 지금 의원님의 선택이, 단순히 한 사람의 대통령을 끌어내리는 것이 아니라, 이 나라의 무너진 헌법을 다시 세우는 초석이 될 것입니다. 부디… 양심의 소리에 귀를 기울여 주십시오. 당론이 아니라, 국민과 역사의 편에 서 주십시오."

수화기 너머로 긴 침묵이 흘렀다. 최경환의 고뇌가 전선 너머로까지 전해져 오는 듯했다. 그는 자신의 휴대폰 액정에 폭포수처럼 쏟아지는 지역구민들의 문자 메시지를 내려다보았다. '의원님, 배신자가 되지 마십시오.'라는 협박과, '의원님, 마지막 희망은 당신뿐입니다.'라는 호소가 뒤엉켜 있었다. 그의 정치 인생 전부를 건 결단이, 이제 몇 시간 앞으로 다가와 있었다.

"… 생각할 시간을 좀 주시오."

최경환은 힘없이 전화를 끊었다. 정세현은 착잡한 표정으로 탕비실로 가, 싸구려 인스턴트커피에 뜨거운 물을 부었다. 이 싸움의 끝이 과연 어디일지, 그 역시 알 수 없었다.

그들 모두가 각자의 전장에서 사투를 벌이고 있을 때, 이 모든 소용돌이의 또 다른 진원지, 탐사보도 전문 매체 〈더 크로니클〉의 기자 이진실은 프리즈마리스 외곽의 허름한 오피스텔에 숨어 있었다. '루이뚱 백' 영상 공개 이후, 그녀는 정권의 '공공의 적 1호'가 되어 모든 권력기관의 표적이 되었다. 신변의 위협을 느낀 편집국의 조치로, 그녀는 이곳에서 한 발짝도 나가지 못한 채 노트북 화면으로만 세상을 보고 있었다.

방 안은 전쟁터를 방불케 했다. 먹다 남은 배달 음식 용기와 에너지 드링크 캔들이 어지럽게 널려 있었고, 벽에는 안나와 윤산군, 그리고 그 주변 인물들의 관계도가 거미줄처럼 붙어 있었다. 그녀는 지난밤, 마지막 남은 비장의 카드를 정세현에게 넘겼다. '만공 대사 관저 출입' 첩보. 그것은 이성적 판단 능력을 상실한 대통령의 민낯을 보여줄 결정적인 증거였지만, 동시에 '주술'이라는 비과학적인 단어가 과연 정치인들의 마음을 움직일 수 있을지에 대한 불안감도 떨칠 수 없었다.

그녀는 초조하게 담배에 불을 붙였다. 창밖으로 서서히 밝아오는 하늘을 보며, 그녀는 스스로에게 물었다. 내가 과연 옳은 일을 하고 있는 것일까. 한 나라를 이토록 거대한 혼돈으로 몰아넣을 자격이 내게 있는가. 하지만 그녀는 곧 고개를 저었다. 혼돈을 만든 것은 자신이 아니었다. 자신은 그저, 이미 썩어 문드러지고 있던 상처를 밖으로 드러냈을 뿐이었다.

그 시간, 모든 혼돈의 근원인 돌산의 대통령 관저는 섬처럼 고요했다.

윤산군과 안나는 웅장한 다이닝룸에서 아침 식사를 하고 있었다. 최고급 은식기 위에는 미슐랭 셰프가 아침 일찍 공수해 온 식자재로 만든 건강식이 차려져 있었다. 하지만 윤산군의 시선은 음식이 아닌, 그의 앞에 놓인 태블릿 PC에 고정되어 있었다. 그가 보고 있는 것은 제도권 언론의 뉴스가 아니었다. '애국 채널 TV'라는 이름의 한 극우 유튜브 채널의 라이브 방송이었다.

화면 속에서, 넥타이를 비뚤게 맨 중년의 남성이 흥분한 목소리로 외치고 있었다.

"여러분, 보십시오! 광장의 저 붉은 무리들을! 저들은 국민이 아닙니다! 위대한 윤산군 대통령님을 끌어내리려는 종북 세력의 좀비들일 뿐입니다! 하지만 걱정 마십시오! 침묵하는 다수의 위대한 애국 국민들이, 대통령님을 지키고 있습니다!"

"그래, 역시… 역시 국민들은 나를 믿고 있었어."

윤산군은 마치 신의 계시라도 들은 듯, 낮은 목소리로 중얼거렸다. 그의 얼굴에 안도와 확신의 미소가 번졌다. 안나는 그런 남편을, 성모 마리아와도 같은 자애로운 표정으로 바라보며 그의 손 위에 자신의 손을 포갰다. 그녀의 얼굴은 밤샘 기도라도 한 듯 창백했지만, 그 어떤 흔들림도 없는 평온함이 깃들어 있었다.

"그럼요, 여보. 하늘은 언제나 당신 편이에요. 오늘, 저 사악하고 어리석은 무리들은 자신들이 얼마나 큰 죄를 짓고 있는지 깨닫게 될 거예요. 당신은 이 나라를 구하기 위해 하늘이 내린 사람인데, 감히…."

그녀의 목소리는 부드러웠지만, 그 안에는 교묘하게 계산된 신성神性이 부여되어 있었다. 그녀는 남편을 현실로부터 완벽하게 격리시켜, 자신과 '하늘의 뜻'만이 존재하는 그들만의 성 안에 가두고 있었다. 그리고 그녀는 알고 있었다. 만약 오늘, 최악의 상황이 닥친다면, 그 성 안에서 어떤 일이 벌어져야 하는지를.

국회 본회의장의 공기는 수은처럼 무거웠다. 오후 2시, 본회의 개의를 알리는 국회의장의 목소리가 울려퍼지자, 장내는 일순간 정적에 휩싸였다. 수백 명의 국회의원, 기자, 방청객들이 모두 숨을 죽이고 역사의 한 페이지가 넘어가는 순간을 기다리고 있었다.

여당 의원석은 분노와 불안이 뒤섞인 기묘한 열기로 가득했다. 친윤계 핵심 의원들은 일부러 더 큰 소리로 웃고 떠들며 여유를 과시하려 애썼지만, 그들의 눈은 불안하게 흔들리고 있었다. 반면, 야당 의원석은 검은 옷으로 맞춰 입은 채, 굳은 표정으로 침묵을 지켰다. 그들의 침묵은 그 어떤 고함보다도 더 무거운 결의를 담고 있었다.

"의사일정 제1항, 대통령 윤산군 탄핵소추안을 상정합니다!"

국회의장의 선포와 함께, 여야의 격렬한 찬반토론이 시작되었다. 여당 원내대표는 연단에 올라, 이번 탄핵안이 '의회 독재'이자 '사법 쿠데타'라며 목청을 높였다. 그는 야당이 민생은 외면한 채, 오직 정권 흔들기에만 혈안이 되어 있다고 비난했다.

그의 발언이 끝나자, 야당 원내대표 정세현이 천천히 연단으로 걸어 나갔다. 그는 준비해 온 두꺼운 원고 뭉치를 연단 한쪽에 밀어놓았다. 그리고는 잠시 눈을 감고 숨을 고른 뒤, 마이크를 잡았다. 그의 첫 마디는, 본회의장 전체를 얼어붙게 만들었다.

"존경하는 국민 여러분, 그리고 동료 의원 여러분. 저는 오늘, 이 자리에서 원고를 읽지 않겠습니다. 대신, 지금 이 나라가 얼마나 깊은 어둠 속으로 빠져들고 있는지를 증언하고자 합니다."

장내가 술렁였다. 정세현은 아랑곳하지 않고, 그의 특유의 낮고 힘 있는 목소리로 말을 이어갔다.

"어젯밤, 이 나라의 대통령은 다가올 국회의 심판을 겸허히 기다리는 대신, 자신의 관저로 주술사를 불러들였습니다."

그 한마디에, 본회의장은 물을 끼얹은 듯 조용해졌다.

모든 소음이 멎고, 오직 정세현의 목소리만이 쩌렁쩌렁 울렸다.

"그렇습니다. 여러분이 잘못 들으신 것이 아닙니다. 그는 과학과 이성, 법률과 제도의 판단을 구한 것이 아니라, 정체불명의 주술사에게 이 나라의 운명과 자신의 거취를 물었다고 합니다! '하늘의 뜻'이 어디에 있는지 물었다고 합니다!"

"거짓말 하지 마!"
"증거 있어?
여당 의원석에서 고함이 터져 나왔다.
하지만 그들의 항의는, 곧이어 터져 나온 거대한 충격과 경악의 파도에 묻혀버렸다.

"이것이 우리가 사는 나라의 현실입니다! 대통령의 이성이 마비되고, 국정이 주술에 의해 농단되고 있습니다! 이것은 더 이상 정치의 문제가 아니라, 국가의 존망이 걸린 문제입니다! 여당 의원 여러분께 눈물로 호소합니다. 더 이상 저 광기와 비이성에 동조하지 마십시오! 당신들의 침묵이, 이 나라를 만 년의 어둠 속으로 밀어 넣을 것입니다! 부디, 역사의 죄인이 되지 마십시오!"

정세현의 사자후는 본회의장 전체를 뒤흔들었다. 특히, 밤새 고뇌하던 여당 중진 최경환의 얼굴은 잿빛으로 변해 있었다. 그의 머릿속에서, 그동안 애써 외면하려 했던 모든 의심의 조각들이 '주술'이라는 끔찍한 단어와 함께 하나의 그림으로 맞춰지고 있었다. 비상식적인 집무실 이전, 과학적 근거 없는 정책 결정, 그리고 현실과 동떨어진 대통령의 언행들. 그 모든 것의 배후에, 이토록 허무맹랑하고 기괴한 진실이 숨어 있었다는 말인가. 그의 속에서 무언가 단단한 것이 '툭' 하고 부서져 내리는 소리가 들렸다.

관저의 집무실, TV로 이 모든 광경을 지켜보던 윤산군은 이성을 잃었다. 그는 들고 있던 크리스털 유리잔을 스크린을 향해 집어 던졌다. '쨍그랑!' 하는 파열음과 함께, 화면 속 정세현의 얼굴이 거미줄처럼 갈라졌다.

"저… 저 반역자 놈이! 감히! 어디서 저런 말도 안 되는 거짓말을!"

그의 얼굴은 분노로 시뻘겋게 달아올랐다. 순간 안나의 얼굴도 굳어졌다. 이진실과 야당이 어디까지 알고 있는지, 그녀의 계산을 넘어서는 일이었다. 하지만 그녀는 이내 평정을 되찾고, 부서진 유리 조각을 밟으며 남편에게 다가가 그의 손을 잡았다.

"괜찮아요, 여보. 저들의 마지막 발악일 뿐이에요. 곧 모든 것이 끝날 거예요. 진실은, 승리하는 자의 것이니까요."

그녀의 목소리는 차분했지만, 그 눈빛은 차갑게 빛나고 있었다.

잠시 후, 국회에서는 무기명 투표가 시작되었다. 의원들은 한 명 한 명, 무거운 표정으로 자신의 이름을 호명받고 연단에 올라 투표용지를 받았다. 그들의 손에 들린 것은 단순한 종잇조각이 아니었다. 그것은 이 나라의 미래와, 그들 각자의 정치적 생명, 그리고 역사적 책임의 무게가 담긴 것이었다.

최경환 의원은 자신의 차례가 되자, 굳은 표정으로 기표소의 커튼을 쳤다. 그 좁고 어두운 공간 안에서, 그는 잠시 눈을 감았다. 눈앞에 어제 밤늦게 통화했던 대학생 딸의 얼굴이 떠올랐다. '아빠, 부끄러운 아빠가 되지는 말아주세요.' 그리고 지역구 사무실 앞에서 며칠째 촛불을 들고 서 있던 상인들의 얼굴, 수십 년간 지켜왔던 보수의 가치, 그리고 역 사책에 기록될 자신의 이름. 그는 길게 숨을 내쉬고는, '가 可' 자 위에 놓여 있던 도장을 들어, 아주 천천히, 그리고 아 주 힘껏 내리찍었다.

숨 막히는 개표가 시작되었다. 본회의장의 대형 스크린 에, '찬성'과 '반대'의 숫자가 실시간으로 올라갔다. 광장 의 수백만 시민들은 스크린을 보며, 숫자가 하나씩 올라갈 때마다 탄성과 환호를 터뜨렸다.

찬성 150 … 180 … 199 ….

마침내, 찬성 숫자가 가결정족수인 '200'으로 바뀌는 순 간, 광장은 에테르 공화국이 떠나갈 듯한 거대한 함성으로 뒤덮였다. 그 함성은 단순한 기쁨의 표현이 아니었다. 그것 은 억압받았던 민의가 폭발하는 소리였고, 민주주의가 스스 로를 치유하는 소리였으며, 역사가 바로 서는 소리였다.

본회의장에서도 야당 의원들은 서로를 부둥켜안고 눈물을 흘렸다. 여당 의원들은 망연자실한 표정으로 고개를 숙였다.

잠시 후, 국회의장이 떨리는 목소리로 최종 결과를 선포했다.

"투표 총수 300표 중, 찬성 234표, 반대 56표, 기권 2표, 무효 8표로, 대통령 윤산군에 대한 탄핵소추안은 가결되었음을 선포합니다!"

탄핵 가결 소식에 중앙 광장은 거대한 축제의 장이 되었다. 시민들은 마치 월드컵에서 우승이라도 한 듯, 옆 사람과 얼싸안고 "에테르 공화국!"을 외쳤다. 여기저기서 샴페인이 터졌고, 폭죽이 밤하늘을 수놓았다. 지루하고 고통스러웠던 싸움이, 마침내 시민들의 위대한 승리로 끝나는 듯했다.

하지만 단상 위, 이 모든 과정을 이끌어온 시민운동가들과 야당 지도자들의 얼굴은 마냥 밝지만은 않았다. 마이크를 잡은 한 원로 운동가가, 흥분한 군중을 향해 목청껏 외쳤다.

"여러분! 우리는 오늘 위대한 승리를 거두었습니다! 하지만, 아직 끝난 것이 아닙니다! 저들은 최후의 순간에 가장 비겁하고 야만적인 수를 쓸지 모릅니다! 뱀은 머리를 잘리기 직전에 가장 사납게 발악하는 법입니다! 자리를 지켜주십시오! 우리의 촛불이, 민주주의를 지키는 마지막 방패입니다!"

그의 외침에, 축제 분위기 속에서도 건강한 긴장감이 흐르기 시작했다. 시민들은 흩어지지 않았다. 오히려 그들은 더 단단하게 스크럼을 짜고, 비폭력 저항을 이어갈 태세를 갖추었다. 마치 다가올 무언가를 예감이라도 한 듯이.

국회 본회의장 역시 마찬가지였다. 탄핵안을 가결시킨 야당 의원들은 환호 대신, 즉각 정세현 대표의 지휘 아래 지하의 비밀 상황실로 이동했다. 그들은 '컨틴전시 플랜(비상계획)'에 돌입했다. 군 내부의 양심 세력, 주요 언론사, 그리고 해외 동맹국 대사관에 핫라인을 구축하며, "대통령의 위헌적 군사 행동 가능성"을 실시간으로 알리고 경고하기 시작했다.

관저의 집무실, 그곳은 패배의 적막만이 감돌고 있었다.

윤산군은 소파에 깊숙이 몸을 파묻은 채, 넋이 나간 사람처럼 중얼거렸다.

"끝났어 … 모든 게 … 끝났어…."

그의 정치적 생명, 그가 평생을 바쳐 쌓아 올렸다고 믿었던 모든 것이, 국회 스크린의 숫자 하나와 함께 산산조각이 나버렸다.

바로 그때, 그의 곁에 그림자처럼 서 있던 안나가, 그 어느 때보다도 차갑고 냉정한 목소리로 그의 귓가에 속삭였다. 그녀의 목소리에는 눈물이나 절망이 아닌, 얼음장 같은 분노와 차가운 경멸이 서려 있었다.

"뭐가 끝났다는 거예요? 아직 아무것도 끝나지 않았어요."

그녀는 창밖으로 고개를 돌려, 어둠 속에서 관저의 정원을 철통같이 지키고 서 있는 중무장한 경호원들을 턱으로 가리켰다. 그들의 허리에는 권총이 채워져 있었고, 손에는 어둠 속에서도 번뜩이는 자동소총이 들려 있었다.

"당신… 아직 군 통수권자예요. 헌법재판소의 결정이 나기 전까지는. 저 사람들은 아직 당신의 부하들이고, 저들이 들고 있는 저 총은… 아직 당신의 명령을 기다리고 있어."

그녀는 천천히 고개를 돌려, 넋이 나간 남편의 텅 빈 눈을 똑바로 쳐다보았다. 그녀의 눈빛은 마치 먹잇감의 목을 조르는 독사의 눈빛처럼, 그의 남은 영혼까지 집어삼킬 듯이 섬뜩하게 번뜩였다.

"당신, 저들에게 월급만 주려고 대통령 된 거 아니잖아요."

그녀의 입가에, 악마의 그것과도 같은 섬뜩한 미소가 걸렸다.

"저들이 들고 있는 총은 폼으로 들고 다니는 건가요?"

그 한마디가, 윤산군의 남은 이성의 끈을 완벽하게 끊어버렸다. 그의 멍했던 눈에, 다시 광기의 불꽃이 이글거리기 시작했다. 그는 마치 안나의 말에 조종당하는 마리오네트처럼, 비틀거리며 자리에서 일어났다. 그리고는 책상 위에 놓인, 먼지 쌓인 붉은색 직통 전화를 집어 들었다. 그 전화기는 국방부장관에게로 직접 연결되는, 국가 비상사태 시에만 사용하는 전화기였다.

그는 수화기를 들었다. 그의 목소리는 낮고 건조했지만, 그 안에는 거역할 수 없는 명령의 무게가 담겨 있었다.

"나 대통령이오."

"…"

"지금 즉시… 비상계엄을 선포하시오."

"…각하! 지금 뭐라고…"

"국회와 광장에 모인 반란 세력들을 제압하고, 헌정질서를 바로 세워야겠소. 이것은… 대통령의 명령이오!"

그의 명령이 떨어지는 순간, 광장에서 터져 나오던 승리의 함성은, 이내 도시 전역에 울려 퍼지는 날카로운 사이렌 소리에 묻히기 시작했다. 축제의 열기는 급속도로 식어갔고, 사람들의 스마트폰 화면에 일제히 뜬 한 줄의 문장은, 그들을 다시 한번 거대한 공포 속으로 밀어 넣었다.

[속보] 대통령 윤산군, 전국 비상계엄 선포

TV 화면이 긴급 속보 체제로 전환되고, 도심 외곽에서 대기하고 있던 군용 트럭과 장갑차들이, 지축을 울리는 굉음을 내며 중앙 광장을 향해 움직이기 시작했다.

민주주의의 위대한 축제는, 그렇게 단 몇 분만에 끔찍한 학살의 전주곡으로 변해버렸다. 아홉 번째 막은, 한 여인의 악마 같은 속삭임에 의해, 총구와 탱크가 민주주의의 심장부를 겨누는 칠흑 같은 어둠 속에서, 그렇게 막을 내렸다. 그러나 그 어둠 속에서도, 수백만 개의 촛불은 꺼지지 않고, 오히려 더 거대한 횃불이 되어 새벽을 기다리고 있었다. 그들은 알고 있었다. 가장 깊은 어둠은, 가장 찬란한 여명이 오기 직전의 순간이라는 것을.

주얼리의 마지막 전시회

에테르 공화국의 역사는 그날 밤, 두 개로 쪼개졌다. 비상계엄이 선포되기 이전의 시간과, 그 이후의 시간으로. 그러나 역사가 기록할 그 밤의 진짜 주인공은, 불법적인 명령을 내린 대통령도, 그 명령을 거부한 군인도 아니었다. 그 밤의 주인공은, 이름도 얼굴도 모르는 수백만의 위대한 시민들이었다. 그들은 자신들이 바로 이 나라의 주인이며, 민주주의는 책 속에 박제된 단어가 아니라 뜨거운 피와 심장으로 살아 숨 쉬는 생명체임을 온몸으로 증명해냈다.

프리즈마리스 중앙 광장을 향해, 어둠을 찢는 수십 개의 전조등 불빛과 함께 장갑차의 무한궤도가 아스팔트를 긁으며 다가오고 있었다. 지축을 울리는 굉음은 공포 그 자체였다. 축제의 함성은 순간, 불길한 정적 속으로 가라앉았다. 몇몇 사람들은 비명을 지르며 뒤로 물러섰고, 아이들은 겁에 질려 엄마의 품을 파고들었다. 공포가 차가운 바이러스처럼 퍼져나가는 듯했다.

하지만 그 혼돈은 길지 않았다. 단상 위, 마이크를 잡고 있던 한 백발의 원로 운동가가 찢어지는 목소리로 외쳤다.

"여러분! 촛불을 끄십시오! 그리고 핸드폰 플래시를 켜십시오! 우리의 빛이 저 어둠을 이긴다는 것을 보여줍시다!"

그의 외침은 마법과도 같았다. 사람들은 약속이라도 한 듯, 일제히 손에 든 촛불을 끄고 스마트폰의 플래시라이트를 켰다. 하나, 둘, 셋… 수십, 수백만 개의 하얀 불빛이 어둠 속에서 은하수처럼 피어올랐다. 광장은 순식간에, 그 어떤 어둠도 침범할 수 없는 거대한 빛의 바다가 되었다. 그들은 공포에 맞서, 빛으로 저항하기 시작했다.

맨 앞줄에는 아이를 업은 어머니들이, 앳된 얼굴의 대학생들이, 지팡이에 몸을 의지한 노인들이 서로의 팔을 단단히 걸고 인간 방패를 만들었다. 그들은 군인들을 향해 욕설을 퍼붓거나 돌을 던지지 않았다. 대신, 누군가의 선창에 따라 한목소리로 국가國歌를 부르기 시작했다. "긴 밤 지새우고 풀잎마다 맺힌 진주보다 더 고운 아침 이슬처럼…" 장엄하고도 슬픈 선율이, 차가운 겨울 밤공기를 가르며 탱크의 엔진 소리를 뚫고 울려 퍼졌다. 그들의 노래는 기도였고, 호소였으며, 같은 국민의 심장을 향해 총을 겨누지 말라는 간절하고도 준엄한 마지막 경고였다.

"멈춰라! 헌정 파괴 중단하라!"
"너희는 누구의 군대인가! 국민의 군대로 돌아오라!"

스마트폰을 든 시민들은 모두 종군기자가 되었다. 그들은 드론을 띄워 시시각각 변하는 계엄군의 이동 경로와 규모를 촬영해 SNS에 생중계했다. 프리즈마리스의 모든 택시 기사와 배달 라이더들은 자발적으로 통신원이 되어, 골목골목 숨어 있는 군 병력의 위치를 실시간으로 공유했다. '#계엄령은불법이다(#MartialLawIsIllegal)', '#우리가주인이다(#WeAreOwner)'라는 해시태그는 순식간에 전 세계 실시간 트렌드 1위에 올랐다. 이것은 고립된 친위 쿠데타가 아니었다. 전 세계가 숨죽여 지켜보는, 21세기 선진 민주주의 국가에서 벌어지는 야만과 이성의 싸움이었다.

국회의사당 앞은 또 다른 전장이었다. 제1공수특전여단 소속의 검은 베레모를 쓴 계엄군들이 국회 정문을 뚫고 본청으로 진입을 시도하고 있었다. 그들을 막아선 것은 야당 의원들과 보좌관들, 그리고 국회 방호과 직원들이었다. 그들은 맨몸이었다. 하지만 물러서지 않았다.

"여기는 국민의 전당이다! 너희들이 총칼로 짓밟을 수 있는 곳이 아니란 말이다!"

정세현 대표가 맨 앞에서 확성기를 들고 외쳤다. 계엄군이 방패로 그들을 밀어붙이자, 몸싸움이 벌어졌다. 그 순간, 누군가 "소화기!"라고 외쳤다. 보좌관 몇몇이 건물 내벽에 비치된 소화기를 들고 와 안전핀을 뽑았다. 새하얀 분말이 연막탄처럼 터져 나와 계엄군들의 시야를 가렸다. 그 사이, 다른 이들은 닥치는 대로 의자와 집기를 날라와 복도에 바리케이드를 쌓았다. 그들은 필사적으로 시간을 끌고 있었다. 본회의장 안에서, 민주주의를 지킬 마지막 법적 절차가

진행될 시간을.

수도방위사령부 지휘통제실.

사령관 강지훈 중장은 대형 스크린에 떠 있는 수십 개의 분할 화면에서 한순간도 눈을 떼지 못했다. 그의 이마에는 굵은 땀방울이 흘러내리고 있었다. 한쪽 화면에는 '대통령 비상계엄 선포 명령: 중앙 광장 및 국회 일대 반란 세력 즉각 진압'이라는 붉은색 전문이, 다른 쪽 화면에는 광장을 가득 메운 채 미동도 하지 않는 수백만 개의 하얀 불빛이 파도치고 있었다. 그의 무전기로는 현장 지휘관들의 다급하고 혼란스러운 보고가 빗발쳤다.

"사령관님! 시민들의 저항이 상상 이상입니다! 도로마다 자가용과 트럭, 심지어 버스까지 동원하여 바리케이드를 치고 있어 물리적 진입이 불가능합니다!"

"국회 상황 보고! 야당 의원들과 보좌관들이 소화기를 터뜨리며 격렬하게 저항 중입니다! 본청 진입에 실패했습니다!"

"탱크 앞에 시민들이 드러눕고 있습니다! 발포 명령 없이는 한 발짝도 나아갈 수 없습니다!"

바로 그때, 그의 책상 위에 놓인 붉은색 직통 전화가 요란하게 울렸다. 청와궁 지하 벙커였다. 전화를 받은 것은 국방부장관이었다.

"강 사령관! 지금 뭘 하고 있는 건가! 왜 꾸물거리는 거야! 각하께서 격노하셨다! 당장… 당장 발포해서라도 길을 터!"

발포. 그 단어가 강지훈의 뇌리를 망치처럼 내리쳤다. 그는 스크린 속, 한 어린아이가 겁에 질린 얼굴로, 진압 방패를 든 스무 살 남짓의 어린 군인의 손에 작은 초코파이 하나를 쥐여주는 장면을 보고 있었다. 그 군인은 차마 그것을 받지도, 뿌리치지도 못하고 그저 고개를 숙인 채 떨고 있었다. 군인의 어깨 너머로, '군인 아저씨, 우리를 죽이지 마세요'라고 서툴게 쓴 피켓이 보였다.

강지훈은 깨달았다. 저들은 '반란 세력'이 아니었다. 저들은 바로 자신과, 저 어린 군인이 목숨을 걸고 지켜야 할 '국민'이었다. 그는 이것이 단순한 진압이 아니라, 돌이킬 수 없는 '학살'이 될 것임을, 그리고 자신은 평생을 역사의 죄인으로 기록될 것임을 직감했다.

그의 다른 전화기가 울렸다. 야당 원내대표 정세현이

었다.

"강 사령관! 듣고 있소? 국회는 방금 대통령의 계엄령이 헌법 제77조를 위반한 명백한 위헌임을 선포했소! 국회는 지금 이 순간, 헌법 수호의 의무를 다할 것을 국군에게 정식으로 요청하는 바요! 국민의 편에 서시오! 역사의 죄인이 되지 마시오!"

야당 원내의 호소, 법률 조항, 그리고 화면 속 국민들의 얼굴. 그의 머릿속에서 모든 것이 하나로 합쳐졌다. 군인으로서의 복종 의무와, 헌법을 수호해야 할 국민의 군대로서의 사명. 더 이상 갈등할 필요가 없었다. 답은 처음부터 정해져 있었다.

그는 국방부장관과의 통화 라인을 열어둔 채, 자신의 부관을 향해 외쳤다. 그의 목소리는 낮았지만, 지휘통제실의 모든 소음을 압도했다.

"전 부대에 전문을 타전하라."

"……"

"오늘, 위대한 국민 여러분께서 보여주신 용기와 평화적 저항, 그리고 헌법을 수호하려는 국회의 결연한 의지를 받들어, 우리 군은 불법적인 내란 명령을 거부하고 국민의 곁에 서기로 결정했다."

"…사령관님!"

"현재 출동한 모든 병력은 즉시 원대 복귀한다. 반복한다. 즉시 원대 복귀하라! 만약 이 명령에 불복하는 지휘관이 있다면, 즉시 현장에서 체포하여 반란죄로 다스릴 것이다!"

수화기 너머, 국방부 장관의 경악에 찬 비명이 들려왔다.

"강지훈! 너 미쳤어! 이건 반란이야!"

강지훈은 수화기를 향해, 군인으로서의 모든 명예를 걸고 나지막이, 하지만 단호하게 말했다.

"반란은 바로 당신들이 저지르고 있는 것 아닙니까? 당신들이 말하는 적은 어디에 있습니까! 내 눈에는 위대한 에테르 공화국 국민들밖에 보이지 않습니다! 이 명령은 국민이 아니라, 헌법을 파괴한 당신들을 향해야 할 것이오!"

그는 전화기를 책상 위에 내려쳤다. 지휘통제실의 모든 장교들이 숨을 죽이고 그를 바라보고 있었다. 잠시 후, 우레와 같은 박수와 환호가 터져 나왔다.

강지훈 사령관의 명령은 전광석화처럼 전군에 퍼져나갔

다. 중앙 광장의 스피커를 통해, 국회 본회의장의 방송을 통해, 그리고 모든 언론사의 속보를 통해, '군, 계엄 명령 거부 및 원대 복귀' 소식이 알려졌다.

광장을 둘러싸고 있던 탱크와 장갑차들이, 마치 거대한 짐승이 잠에서 깨어나듯 일제히 시동을 껐다. 잠시 후, 그들은 천천히 포신을 하늘로 돌리고, 굉음을 내며 왔던 길을 되돌아가기 시작했다. 그 모습을 본 시민들은 처음에는 어리둥절한 표정을 짓다가, 이내 상황을 파악하고는 거대한 함성을 터뜨렸다.

"이겼다! 우리가 이겼다!"

"에테르 공화국 만세! 국군 만세!"

시민들은 후퇴하는 군용 트럭을 향해 손을 흔들고 박수를 보냈다. 몇몇 젊은 군인들은 장갑차 해치 밖으로 고개를 내밀어, 눈물을 흘리며 시민들을 향해 거수경례를 했다. 그 순간, 광장에서는 군인과 시민의 구분이 없었다. 그들은 모두, 독재에 맞서 민주주의를 지켜낸 자랑스러운 에테르 공화국의 국민이었다.

국회 본회의장에서도 '비상계엄 해제 요구 결의안'이 압도적인 찬성으로 가결되었다. 국회의장의 의사봉이 내리쳐

지는 순간, 의원들은 당파를 넘어 서로를 얼싸안았다. 밤새 국회를 지켰던 보좌관들과 직원들도 함께 눈물을 흘렸다.

이 모든 승리의 함성이 울려 퍼질 때, 돌산의 대통령 관저 지하 벙커는 죽음의 침묵만이 감돌고 있었다.

상황판의 모든 붉은 화살표들이 일제히 멈춰서더니, 하나둘씩 꼬리를 말고 사라졌다. 윤산군과 안나는 자신들의 눈앞에서 벌어지는 상황을 믿을 수 없다는 듯, 넋이 나간 표정으로 화면을 응시했다. 자신들의 마지막 카드가, 가장 믿었던 군대에게 배신당했다는 사실을 깨닫는 데는 그리 오랜 시간이 걸리지 않았다.

"반란군… 놈들… 내가… 내가 다 키워줬는데…."

윤산군은 힘없이 소파에 주저앉았다. 그의 손에서 모든 힘이 빠져나갔다. 그는 이제 더 이상 대통령이 아니었다. 그는 헌법을 파괴하려 한 내란 수괴, 일개 범죄자에 불과했다.

안나의 얼굴에서 처음으로, 완벽하게 통제되었던 가면이 벗겨져 내렸다. 그녀의 얼굴에 떠오른 것은 분노나 슬픔이 아닌, 순수한 당혹감과 동물적인 공포였다. 그녀의 완벽한 시나리오에 '실패'라는 단어는 존재하지 않았다. 그녀는 급하게 자신의 휴대전화를 들어 어디론가 전화를 걸기 시작했다. 재계 총수들, 언론사 사주들, 검찰총장, 만공 대사… 하지만 그 누구도 그녀의 전화를 받지 않았다. 수신음은 차갑게 울리다 끊어지기만을 반복했다. 침몰하는 배에서 가장 먼저 탈출하는 것은 쥐들이었다. 그녀는 자신이 공들여 쌓아 올린 모든 것이, 하룻밤의 신기루처럼 사라져 버렸음을 깨달았다.

새벽 동이 트기 시작할 무렵, 관저의 모든 통신이 두절되었다. 그리고 잠시 후, 굳게 닫혀 있던 정문이 열렸다. 거대한 폭음과 함께 부서져 내린 것이 아니었다. 관저를 지키던 대통령 경호실 병력들이, 군의 결정을 전해 듣고 스스로 무장을 해제하고 정문을 열었다. '특임 검사' 완장을 찬 수사관들이, 저항 없이 관저 안으로 걸어 들어왔다. 그들의 뒤로는 이 모든 과정을 생중계하기 위한 언론사 카메라들이 따르고 있었다.

수사관들이 벙커의 문을 열었을 때, 그들이 마주한 것은 초라한 현실이었다. '구국의 영웅'을 꿈꾸던 남자는 텅 빈 눈으로 허공을 응시하며 "나는 배신당했다"는 말만 넋 나간 사람처럼 중얼거리고 있었다. 그의 손목에 차가운 수갑이 채워졌다. 카메라 플래시가 쉴 새 없이 터졌지만, 그는 아무런 반응도 보이지 않았다.

그리고 그 옆에, 여전히 우아한 실크 가운을 입은 채, 안나가 서 있었다. 그녀는 마지막 순간까지도 자신의 품위를 잃지 않으려는 듯, 꼿꼿하게 허리를 세우고 있었다. 젊은 여성 검사가 그녀에게 다가가 체포영장을 내밀었다. 그녀는 과거 안나의 비리를 수사하려다 좌천되었던, 바로 그 검사였다.

"안나 씨, 당신을 내란 공모 및 뇌물수수, 주가조작, 직권남용 등 모든 혐의로 긴급 체포합니다."

안나는 자신을 '영부인'이 아닌 '안나 씨'라고 부르는 젊은 검사를, 온몸의 경멸을 담은 눈빛으로 훑어보았다. 그리고는 마지막 자존심을 담아, 독사처럼 나지막이 읊조렸다.

"너… 내가 누군지 알아?"

여성 검사는 아무런 대답 없이, 그녀의 가녀린 손목에도 똑같은 은색 수갑을 채웠다. '철컥' 하는 소리가, 텅 빈 벙커 안에 유난히 크게 울려 퍼졌다. 그 소리와 함께, 에테르 공화국을 지배했던 '주얼리의 시대'는 공식적으로 막을 내렸다.

에필로그

그 후 1년, 에테르 공화국에는 많은 변화가 있었다.

윤산군 대통령은 헌법재판소의 만장일치 결정으로 파면 되었고, 이어진 재판에서 내란죄 및 직권남용 혐의로 무기 징역을 선고받았다. 그는 재판 내내 "나는 하늘의 뜻을 따랐 을 뿐이며, 이 모든 것은 아내를 사랑한 죄"라는 횡설수설을 반복했다. 그의 모습에서 더 이상 '정의의 화신'을 기억하는 국민은 없었다.

그는 역대 최악의 대통령이라는 오명과 함께, 역사의 뒤 안길로 쓸쓸히 사라졌다.

국민들은 새로운 대통령을 선출했다. 야당의 지도자였던 정세현이 압도적인 지지로 당선되었다. 그는 취임사에서 '정의'와 '공정'을 다시 외쳤지만, 그의 목소리에는 윤산군과 같은 오만함 대신, 국민에 대한 겸손함과 두려움이 담겨 있었다. 나라는 깊은 상처를 입었지만, 시민들의 위대한 힘으로 민주주의를 복원했다는 자부심 속에서, 더디지만 단단하게 일상을 회복해나가고 있었다.

그리고 마침내, 세기의 재판, '안나'에 대한 선고가 열리는 날이 왔다.

그녀의 재판은 그 자체가 한 편의 거대한 막장 드라마였다. 그녀는 법정에서도 여전히 주인공이었다. 매일같이 다른 명품 옷을 입고(구치소 수감 전 개인 소지품으로 허용된 것이었다), 완벽한 화장을 한 채 법정에 나타났다. 그녀는 모든 혐의를 부인했다. 자신은 그저 남편을 지극히 사랑한 죄밖에 없으며, 이 모든 것은 자신을 시기한 무능한 여성들(특히 이진실 기자)과 자신에게 복종하지 않은 어리석은 남자들이 만들어낸 거대한 음모의 희생양일 뿐이라고 주장했다. 그녀의 연기는 너무나도 비장하고 처절해서, 일부 맹목적인 지지자들은 법정 밖에서 "안나 마리아!"를 외치며 눈물을 흘리기도 했다.

하지만 수백 개의 증거와 수십 명의 증인들 앞에서, 그녀의 연극은 더 이상 통하지 않았다. 재판부는 그녀의 모든 혐의를 유죄로 인정했다. 재판장은 판결문을 읽어 내려갔다.

"… 피고인 안나는 배우자인 대통령의 권력을 사유화하여 헌정질서를 유린하고, 국가 시스템을 붕괴시켜 민주주의의 근간을 흔들었으며, 그 과정에서 수많은 부정과 부패를 저질렀음에도 불구하고 단 한순간의 반성도 없이 모든 책임을 타인에게 전가하는 등, 그 죄질이 이루 헤아릴 수 없을 정도로 무겁다. 이에 재판부는, 피고인에게 이 나라의 법이 허용하는 가장 무거운 형벌을 선고함으로써, 다시는 이 땅에 권력을 사유화하려는 자가 나타나지 못하도록 역사의 경고로 삼고자 한다.

주문, 피고인 안나를… 무기징역에 처한다."

무기징역. 한때 '여왕'을 꿈꿨던 그녀는, 이제 평생을 차가운 감옥에서 보내야 하는 '죄수'가 되었다. 선고가 내려지는 순간, 안나의 완벽했던 가면이 비로소 산산조각이 났다. 그녀는 방청석에 앉아있는 이진실 기자를 발견하고는, 손가락질하며 악에 받친 저주를 퍼부었다.

"너 때문에! 너 같은 것 때문에 내 인생이 망가졌어! 내가 나가면… 내가 나가면 너를 가만두지 않을 거야!"

그녀의 추악한 발악은, 교도관들에게 끌려 나가면서도 멈추지 않았다. 그것이 에테르 공화국 국민들이 기억하는 '주얼리'의 마지막 모습이었다.

몇 달 후, 프리즈마리스 국립현대미술관.

새로운 정부는, 과거의 비극을 잊지 않고 교훈으로 삼기 위해, 국민들에게 개방된 돌산의 옛 대통령실 부지 한쪽에 작은 역사관을 열었다. 그리고 그곳에서 아주 특별한 기획 전시회가 열리고 있었다.

전시회의 제목은 〈주얼리의 마지막 전시회: 욕망의 연대기〉였다.

이진실 기자는 휴가를 내어, 평범한 시민의 모습으로 그곳을 찾았다. 그녀는 더 이상 쫓기지 않았다. 그녀는 언론인으로서의 명예를 되찾았고, 〈더 크로니클〉은 에테르 공화국에서 가장 신뢰받는 언론사로 우뚝 섰다. 하지만 그녀의 얼굴에는 승리자의 오만함 대신, 깊은 성찰과 연민이 담겨 있었다.

전시장 내부는 안나가 남긴 '작품'들로 가득했다. 그녀가 직접 서명한 위조된 수상 경력 증명서, '안나 로드'의 개발 계획이 담긴 비밀 보고서, 그녀의 지시 사항이 빼곡히 적힌 김량영 교수의 다이어리, 그리고 수많은 명품 옷과 가방들. 그 모든 것들이 차가운 유리 진열장 안에, 한 시대의 탐욕을 증언하는 유물처럼 전시되어 있었다.

전시의 마지막, 가장 중앙에 위치한 방. 그곳에는 단 하나의 전시품만이, 마치 성물聖物처럼 놓여 있었다.

온도와 습도가 완벽하게 통제되는 특수 유리관 안에, 푸른색 '레이디 루이뚱' 미니 백이 조명을 받고 있었다. 이제는 너무나도 유명해진, 바로 그 가방이었다.

유리관 앞에는 작은 설명이 붙어 있었다.

'이 가방은 한 시대의 종말을 알린 상징물이다. 이것은 단순한 사치품이 아니라, 권력의 오만함과 도덕적 붕괴, 그리고 그것을 가능하게 한 우리 사회의 뒤틀린 욕망을 담고 있는 거울이다. 우리는 이 거울을 통해 스스로를 비추어 보며 질문해야 한다. 우리는 과연, 또 다른 '주얼리'의 탄생을 막을 준비가 되어 있는가.'

이진실은 한참 동안 그 가방을 말없이 바라보았다. 그녀의 눈에 눈물이 천천히 고였다. 그것은 승리의 눈물이 아니었다. 깊은 슬픔과 연민의 눈물이었다. 그녀는 안나라는 괴물을 증오했지만, 동시에 그녀를 그렇게 만든 우리 사회의 모습에 대한 깊은 자괴감을 느끼고 있었다. 어쩌면 안나는, 우리 모두의 내면에 숨겨져 있던 가장 추악한 욕망이 만들어낸 시대의 괴물이었을지도 모른다는 생각에, 그녀는 가슴이 아려왔다.

전시장을 나서는 그녀의 귓가에, 어디선가 아이들의 맑은 웃음소리가 들려왔다. 그녀는 고개를 들어, 잿빛 겨울 하늘 사이로 비집고 나오는 한 줄기 따스한 햇살을 보았다. 나라는 깊은 상처를 입었지만, 그럼에도 불구하고 시간은 흐르고, 새로운 세대는 자라나고 있었다.

진정한 끝은 없었다. 민주주의는 완성된 것이 아니라, 매일같이 싸우고 지켜나가야 하는 과정이라는 것을, 그녀는 이번 싸움을 통해 뼈저리게 깨달았다. 주얼리의 화려하고 비극적인 전시회는 끝났지만, 더 나은 나라를 만들기 위한 시민들의 위대한 전시는, 이제 막 다시 시작되고 있었다.

그녀는 옷깃을 여미고, 다시 거리로, 사람들의 삶 속으로 걸어 나갔다. 그녀의 심장은 다시, 새로운 진실을 향해 뛰기 시작했다. 에테르 공화국의 이야기는, 그렇게 끝나지 않은 채, 계속되고 있었다.

〈끝〉

주얼리의 나라

지은이 남킹

발행일 2025년 11월 25일 초판 1쇄

펴낸이 양근모

펴낸곳 도서출판 청년정신

출판등록 1997년 12월 29일 제 10-1531호

주 소 경기도 파주시 경의로 1068, 602호

전 화 031) 957-1313 팩스 031) 624-6928

이메일 pricker@empas.com

ISBN 978-89-5861-256-8 (03810)

- 이 책은 저작권법에 의해 보호를 받는 저작물입니다.
- 이 책의 내용의 전부 또는 일부를 이용하시려면 반드시 저작권자와
- 도서출판 청년정신의 서면동의를 받아야 합니다.